新潮文庫

ポプラの秋

湯本香樹実著

新潮社版

5928

ポプラの秋

1

　どうしたの、なんだか元気のない声みたい。夕食はすませた？　いえ待って、用があるのよ、ちゃんと。さっき佐々木さんから電話がかかってきたの。ええそう、あの佐々木さん。ポプラ荘の。

　電話の向こうで母がそう言った時、私はもう何年も、おばあさんと過ごした日々をゆっくりと思い返すこともなかったのに、

「ああ、おばあさんが亡《な》くなったのだ」

と、すぐに悟った。

おばあさんは、母と私が三年ほど住んでいたアパートの大家さんである。私が六歳の時に父が亡くなり、それからしばらくして、母はそれまで住んでいた家を引き払い、おばあさんのアパート「ポプラ荘」に越したのだった。連絡をくれた佐々木さんというのは、当時、やはりポプラ荘の住人だった人だ。

「朝、声をかけてみたら返事がなくって、お布団《ふとん》のなかで眠ってるうちに、だったみたい」

「朝って？」

「今朝」

私は静かに息を吸い込んだ。今朝方なら、たとえおばあさんが夢枕《ゆめまくら》に立ってくれたとしたって、私は気づかずに眠りこけていただろう。薬で無理矢理ねじ伏せるように眠ってしまうと、時折どういう加減か、猛烈にいやな夢を見る。昨夜の眠りのなかで、私はびしょびしょのコンクリートに投げ出された、とてつもなく大きな魚の死骸《しがい》だった。よく見る悪夢の、ひとつのパターンだ。

「おばあさん、いくつだったの」

「九十八だって、大往生ね」

とすると、おばあさんはあの当時、すでに八十歳だったのか。にもかかわらず、おばあさんは七歳の私に言ってくれたのだった。いつか私が大人になる日まで、自分も生きていられるよう、がんばってみようじゃないか、と。八十の年寄りにしてみれば、なんとも果敢なその台詞《せりふ》を、おばあさんは見事に実現したことになる。

「……そしたらね、手紙があったから電話したって」

「何があったって？」

て、が、み。母はいくぶん声を低め、ゆっくりと繰り返す。

「佐々木さんがそう言ったの？」

ええ、と母は答えたけれど、手紙についてはそこまでだった。「お花でも送ったほうがいいかしら……」

母が再婚することになって、ポプラ荘を出たのは私が十歳の時のことだ。それ以来、母も私もおばあさんに会ってはいないが、もちろん手紙なら何通も書いたし、時には写真も送った。でも佐々木さんの言った「手紙」は、きっとそれとは違う。七歳の私が、おばあさんに託した手紙、あの黒い簞笥《たんす》の抽出《ひきだ》しにしまわれた私の手紙のことだ。おばあさんは、ずっと、あの手紙を持っていてくれたのだ……

「花は、おかあさん送って」

「え」

「私、行くから。飛行機に乗ればすぐよ」

「病院、大丈夫？」

看護婦として勤めていた病院を辞めて、そろそろひと月になる。私はそれを、母に報告していなかった。

「そんなこと心配しないで」

「心配なんかしてないわ」母は、少し黙ってしまう。「あなたは何だって自分で決めるんだし」

「そういうこと」

「じゃあ、佐々木さんによろしく」

「うん、わかった」

電話を切ると、私はしばらくぼんやりと座り込んでいた。なんてまあ、見事に隔たってしまったことか。おばあさんと、ポプラ荘と、ポプラの木のあるあの庭と、何だかわからないけれど私が「いい」と思っていたすべてと。あのポプラ荘での三年あまりが、今の私にはまるで夢のなかの出来事のようにしか思えないのだ。

ボストンバッグに下着の替えと洗面用具、それから薬のいっぱい詰まった紙袋を投げ込むと、勢いよくジッパーを閉めた。一日二日のことなのに、睡眠薬を全部持って出かけるなんて馬鹿《ばか》げてるじゃないかと呟《つぶや》きながら、ほんとうは馬鹿げてるなんて思ってないんでしょ、だってあなたはそのことばかり考えてるんじゃないの、という別の声をきいている。私は首を振った。その後のことはわからない。わからないけれど、せめて今夜は、魚の死骸になるのはやめておこう。そして明日になったら飛行機に乗っておばあさんを見送りに行く。とにかくそれだけはしなくては。

ベッドにもぐりこみ、私は静かに目を閉じた。すると耳もとでポプラの葉が鳴って、私に「話そうよ、話そうよ」と促すのだ。その音は心地よく乾いた秋の音で、もちろん外からきこえてくるわけじゃないことは、すぐにわかった。

2

父が交通事故で急死して慌《あわ》ただしい何日間かが過ぎると、母はしばらくの間、一見それまでと同じように家事をこなし、やがて突然、眠りに入った。母は眠り続けた。どのくらい眠っていたのだろうか。一週間、いやもっと長かったような気もするけれど、もしかしたら三、四日のことだったのかも知れない。憶《おぼ》えているのは、いつの間にか夏休みが始まっていたということと、母が眠っている間、小学一年生だった私はおなかがすくと缶詰《かんづめ》のシャケを食べていたということだ。どうしてうちの戸棚《とだな》には、シャケ缶ばかりあったのだろう。缶詰のラベルに描いてあるシャケの目は冷やかで、とても話が通じる相手とは思えなかった。私はあの時期以来、シャケ缶が食べられなくなって、今も食料品店に山積みになったそれを見ると、足の裏が冷たくなってしまう。

私が一生ぶんのシャケ缶を食べ終えた頃《ころ》、母は眠りはじめた時と同じくらい唐突に、むっくりと起き上がった。そして今度は私を連れて、電車に乗るようになった。どこに行くというのではない。ただ行き当たりばったりに電車に乗り、とにかくどこまでもどこまでも乗り、行き当たりばったりの駅で降りる。そして夏の炎天下、一度も来たことのない町をふたりでぐるぐる歩き回るのだ。適当な店でかき氷だのそうめんだのを食べ、また電車に乗る。

私たちはその間、あまり話をしなかったように思う。父の話はしたくない、母が心底そう思っていることは、よくわかった。私はといえば、父が死んだときかされた時、とても悲しかった。お棺のなかの、頭に包帯を巻いた父と会った時には、声をあげて泣いた。けれどもその頃になると、なんだか心に膜が張ってしまったようになって、元気だった父をあれこれと思い出すこともなくなっていた。母が悲しみのあまり抱いていた周囲の世界への怒りと拒絶、それが私にも伝染していたのだ。

夜、ふたりとも疲れ切って家に帰ると、敷きっぱなしの布団に倒れ込むようにして眠る。楽しかったという記憶はないけれど、そんな毎日を繰り返してさえいれば、母は何とかもつ。六歳の私は、ただそれだけを思っていた。それに、シャケ缶ばかり食べているよりは、百倍ましだった。

とはいえ、ポプラ荘を見つけることができたのは、そんな電車ツアーのおかげだったのだ。

私たちはがらすきの郊外電車に、長いこと乗っていた。その駅で降りたのは偶然だったのだが、降りてみるとホームから河川敷が見下ろせた。コンクリートの照り返しの眩《まぶ》しさに顔をしかめながら、私たちはホームの先端まで歩いていった。川も草も橋も埃《ほこり》っぽい地面も、容赦ない日射《ひざ》しに晒《さら》されている。川の水は少なく、流れはいかにも弱々しかったけれど、空は途方もなく大きい。私は何か「どうだ」と言いたいような気持ちになって、息を大きく吸い込んだ。

「改札出てみようか」

この電車ツアーが始まって以来、母が私に「これに乗ろうか」とか「ここで降りようか」とか、何か相談するなどということは一度もなかったので、私はとても驚いた。

「いや?」

私は慌てて首を振った。

「いやじゃない」

そうしてひどく生真面目《きまじめ》な、しっかりしなくてはいけないというような気持ちになって、すたすた歩く母の横を、真ん前ばかり見つめて歩きはじめた。

駅前の商店街を抜けると、消防署があった。消防署の手前にはどぶ川が流れていて、私たちはその川に沿って、かわりばえのしない住宅地をどこまでも歩いていった。午後二時頃だったと思う。川沿いの歩道に日陰はなく、太陽は音さえ遮《さえぎ》るほどの強さで照りつけ、セミも鳴かず、人影も見えず、鳥も飛ばず、私の水筒はとっくに空っぽになっていた。いつの間にか遅れをとってしまった私は、母の背中だけを見て、ひたすら両足を交互に動かしていた。

「あそこまで行ってみよう」

母がふいに立ち止まってそう言った時、頭のなかはすっかり止まってしまっていたのと反対に、両足は急には止まれなくなっていたから、私は汗で前髪のはりついたおでこを母の柔らかな腰にぶつけてようやく、その指さす先をぼうっと見上げた。

「ほら、あの木。大きいね」

「ほんとだ」

住宅地の屋根の間から、電柱よりも高い木が、にゅっと突き出ている。風は少しも感じられなかったけれど、高いところの葉っぱはゆさゆさと揺れていて、見ているだけで汗がひいた。

「あの木を見に行こうよ」

「うん」と私は頷《うなず》いた。

「千秋、汗だくだね。水筒は」

「もう飲んじゃった。でも平気だよ」

私は再び、がんばらなくてはという気持ちになって、母の先に立って歩きだした。そのまま川沿いをしばらく行き、やがて川を背にして車一台がようやく通れるほどの道に入ると、大きな木のある庭はすぐに見つかった。

庭は、草取りは行き届いているものの整然とした、という印象からはほど遠く、かと言ってあれもこれもと涙ぐましく植え込んでいる手合いでもなければ殊更《ことさら》に趣味的でもなく、もちろん殺風景でもなかった。要するに、長い時間とちょっとした律儀《りちぎ》さの積み重ねでそうなっただけで、庭の主にそれ以上凝る気はまったくないらしい、ということがよくわかるのだった。青い葉を繁《しげ》らせているモミジ、隣の家の物置の屋根にまで腕を伸ばして赤い花を咲かせているキョウチクトウ、アオキはつやつやして、コデマリは見事にざんばらだ。オレンジ色のユリが、なんの脈絡もなくあちこちに顔を覗《のぞ》かせ、青い火鉢《ひばち》がいかにも満足気に、てん、と土の上に座っていた。そして庭の真ん中に、時折かすかな上空の風に葉を揺らしながら、その大きな木が立っている。じっと見上げているうちに、私はその場に座り込んで眠ってしまいたくなった。

「千秋、千秋」

母が私を手招きした。「あの木の名前、わかった」

「なんていうの？」

「ポプラ」

母は、ほら、と指さした。ブロックを積み重ねた門柱の、白い陶器の表札に「コーポポプラ」とある。ポがだぶるのがおかしくて、私は口のなかで「ポポプラ、ポポプラ」と繰り返した。

「普通の家じゃないのね。二階がアパートになってるんだわ……」

母もまたひとり言のように呟《つぶや》く。

川沿いの道に面した北側に、外階段があった。二階の通路にはドアが三つ、そのうちふたつのドアの横には、洗濯機《せんたくき》が置いてある。木造の、あまり立派とはいえないアパートだ。

「千秋、ここに住むのどうかな」

その日二度目の質問があまり唐突だったので、私はまたしても答えに窮してしまった。母の視線をたどると、開けっ放しの鉄製の門扉《もんぴ》に、ボール紙の札がぶら下がっていた。

「空き部屋あります、だって」

「あきべや？」

「ここにお引っ越ししませんかって書いてあるの」

ここに引っ越す、というのは、なかなかいい考えのように思えた。どのみち、それまで住んでいた家を出なくてはならないらしいということはうすうす知っていたし、何と言っても、私はこの庭が気に入ってしまったのだ。

「おかあさんがそうしたいならいいよ」

「千秋はどう？」

「いいと思う」

母は私の顔をちょっと覗き込み、それからすたすたと、なんの躊躇《ためらい》もなく門のなかに入っていった。

部屋はありふれたアパートのつくりで、北側の玄関を入るとすぐ水回り、それから四畳半ほどの板の間を挟《はさ》んで、南に面しているのが日に焼けた畳の六畳。そこに納まるだけの荷物を持って、私たちは引っ越しをした。母は必要最低限のもの以外を、惜しげもなく処分したのだった。新しい住処《すみか》を決めることから、前の家の始末、そして引っ越しと、普段のおっとりした性格からは考えられない迅速さで、母はすべてをこなした。

アパート部分は二階の三戸だけで、門扉のある西側から見て、いちばん手前が衣裳《いしよう》会社に勤めている佐々木さんという独身の女の人、真ん中に西岡さんというタクシーの運転手でやはり独り者、私たちはいちばん奥、階段を昇りきってすぐの部屋の住人となった。

一階には、大家のおばあさんがひとりで暮らしている。大学で中国文学を教えていたご主人が亡《な》くなってから、おばあさんは家を建て直してアパートを始めたということだった。後になって知ったことだが、コーポポプラという呼びにくい名前は、最初の店子《たなこ》を世話してくれた不動産屋さんによるものだそうで、「ポプラ荘」としたかったおばあさんに、コーポにしたほうが断然モダンだと不動産屋の小父《おじ》さんは忠告したらしい。私たちが越していった頃には、住人も近所の人も郵便屋さんでさえ、当然のようにポプラ荘と呼んではいたけれど。

この大家のおばあさんは、なかなか近づきがたい難物だった。正直な話、私はおばあさんに対してこわいもの見たさに似た興味も感じていないわけではなかったが、「こわいもの見たさ」と言ってしまうにはあまりにも、「こわい」と「見たさ」の釣《つ》り合いが悪かった。おばあさんは、とにかくこわかったのだ。

おばあさんのしわの深いおでこは、見事に丸くせり出し、広々としていた。歯は上がまったくなく、下の前歯が三本しかないせいか、下顎《したあご》がしゃくれたように突き出ている。極端なちんくしゃ顔は、ポパイに似ていないとは言えず、いやむしろそっくりだった。けれどおでこと顎の谷間の底で、じろりじろりと動くその目は、おばあさんの素性を、あやしい薬を飲んで悪者になってしまったポパイである、と私に物語っていたのだ。

おばあさんの家のなかも、子供にとっては充分すぎるほど不気味だった。陽《ひ》が入るのを嫌《きら》ってか、おばあさんは雨戸を一枚しか開けない。ポプラの木に招き寄せられるように辿《たど》り着いた最初の日、玄関先から窺《うかが》うと、薄暗い部屋の壁は古い本でびっしりと埋まり、石でできた竜《りゅう》の置物がこちらを睨《にら》んでいた。何が書いてあるのか、何のお呪《まじな》いなのか、難しい漢字を並べた赤い御札が玄関の天井近くに貼《は》ってあるのも、夢にでてきそうな鮮やかさだった。

しかし私がおばあさんを恐れる何より決定的な理由は、もっと現実的なところにあった。おばあさんは最初、アパートに子供は駄目《だめ》、と言ったのである。母が頼んで、結局は住めることになったわけだが、何かおばあさんの気に入らないことをしでかしたら即刻追い出されることになりかねない、と私はびくびくものだった。たかがアパートではあるけれど、あの頃の私にとっては、長いシャケ缶《かん》と電車の日々を経て、ようやく見つけた安住の地だったのだ。

母は毎日、仕事を探しに出かけた。私はその夏の終わりの何日かを、ひとりで窓からポプラの木ばかり見て過ごした。ポプラの葉っぱが揺れたり、そこに鳥がやって来たり、太陽の角度によって、重なりあった葉と葉の間にできる影が変わっていくのを、ただ一心に見つめていた。昼御飯に、母が用意しておいてくれたおむすびをふたつ食べる時も、私は木と向かい合っていた。夕方になって、おばあさんが蚊取り線香を足もとに置き、頭に手拭《てぬぐ》いをかぶって草取りを始めたりすると、私は窓から少し身をひき、おばあさんに見つからないようにして、やっぱり木ばかり見つめていた。ポプラの木に向かって何か話しかける、というわけではなかったが、つまらないとか、さびしいとか、そういう感情を覚えることもなかった。考えてみると、あの年の夏ほど静かな夏は、それから後には一度もなかった。にもかかわらず、私の抱く夏のイメージは今も、光が眩しくなるにつれて濃く深くなっていく影、その影に包まれている静けさなのだ。

けれどそんな静かな日々も、九月になると終わりになった。学校に通いはじめたのだ。

私はそれまで通っていた私立の女の子ばかりの小学校から、ポプラ荘の近くの公立の小学校に転校した。距離的なこともちろんあったが、ようやく結婚式場に職を得たばかりの母にとって、やはり私立の月謝は負担だったのだと思う。判事をしていた父のお給料は、さほど悪くはなかったろうが、遺産と呼べるほどのものがあるわけではなかったのだ。私自身はまだ一年生で、その一学期の途中で父が亡くなったのだからろくに通ったわけでもなく、前の学校に何の未練もなかった。だから、母に「ごめんね」と言われた時は、ひどく見当違いな感じさえしたものだ。

ところが実際に通いだしてみると、私は学校が辛《つら》くなってしまった。喚声をあげ、ひとかたまりになって突進してくる級友達も、ジャージ姿で怒鳴り声をあげる先生も、女の子ばかりだった前の学校とはずいぶん様子が違ったし、私はそんな騒がしさのなかで友達を作るのに出遅れてしまったことを感じないではいられなかったが、辛いのはそのせいばかりではなかった。

私は学校に通いだした途端、考えるようになってしまったのだ。父はどこに行ってしまったのか。ある日突然、父はどこかへ行ってしまった。それは一体どういうことなのか。どうしてきゅうにいなくなってしまえるのだ。父はまるで漫画のなかの絶望的に不注意な登場人物のように、蓋《ふた》の開いているマンホールにうっかり落ちて、消え失《う》せてしまったも同然ではないか……

もちろん私は、父のお葬式のその場にいたのだし、お棺のなかの父の顔に、生きている時とは明らかに違う何かを見て怯《おび》えもした。でも、だからといって、父の死を理解したわけではなかったのだ。私の父は一体どこに行ってしまったのだろうか。

母とふたりきりか、あるいはひとりで過ごした夏の間、私はそんなことを考えたりはしなかった。考えようとしなかったし、まだ考えられる段階ではなかったのかも知れない。けれどいったん外に出てみると、この世界はそこいらじゅう蓋の開いたマンホールだらけの、少しの油断もならないところだという気がしてくるのだった。母も、私も、いつかその暗い穴に落ちて戻ってこられなくなってしまう、父のように。学校の友達や先生は、あまりにも明るく騒がしく力強かったので、誰一人として私の恐れる暗い穴について知っているとは思えず、私は自分がひどくひとりぼっちだと感じていた。

私はそんな不安な気持ちを、誰にも話しはしなかった。もちろん母にも。母は相変わらず父の話をしたがらない様子で、父の死に強い拒否感を抱いているのが、子供の私にさえ察しがついた。もう少し後になると、私は母の、そのしぶとい拒否感に辟易《へきえき》し、腹を立て、母を非難さえした。しかしその頃《ころ》はまだ、父の話をしてはいけないとしか考えられなかったし、ともかく目の前にいる母は辛い気持ちで、おまけに職場でもだいぶきつい目にあっているらしいのだ。女子大を出て、すぐにひとまわりも歳《とし》の違う父と結婚した母は、私が生まれるまでの長い間もずっと家にいて、ほとんど働いた経験というのを持たなかった。何事もおっとりしていた母が、夜遅くまで追い詰められたような目をしてノートをとったりしているのだから、やはり心配をかけるわけにはいかない。

「学校は楽しい？　友達はできた？」

と訊《き》かれれば、

「うん。おもしろいよ」

と答え、朝になるとまた、神様が蓋を閉め忘れたのか底なしの暗い口を開けっぱなしたマンホールだらけの世界に向かって、歯を食いしばって出かけていく。私は宿題をきちんとしたし、忘れ物は絶対にしなかった。でもあの頃のことで憶《おぼ》えているのは、落ち度がないようにいつも緊張していたということだけだ。いつどこに現れるか知れない暗い穴に引きずり込まれないようにするには、そうするしかないと思っていたのだ。

緊張は、日に日にたかまった。私は寝る前にランドセルの中身を三度調べ、朝起きてから家を出るまでに、また点検しなくては気が済まなかった。そのうち、私の知らない間に時間割が変わっているかも知れない、と考えるようになった。私はすべての教科書とノートをランドセルに詰め込み、ランドセルからはみ出たぶんはズックの手提げに入れて運んだ。重すぎる荷物に背中を丸めて、毎日同じ道を行き来する私の姿は、守銭奴《しゅせんど》の老婆《ろうば》みたいだったにちがいない。

心配事というのは、ひとつの芽を摘んでもまた別の芽が生まれてくると相場が決まっているもので、とりあえず忘れ物の可能性を限りなくゼロに近づけてしまうと、私は新たな不安に襲われた。家を出るのは母が先だったから、私はいつも自分で鍵《かぎ》をかけて学校へ向かう。ところが道の途中で、突然気になってしまうのだ。鍵はちゃんとかけてきたっけ……

この新しく生まれた不安の芽は、『ジャックと豆の木』の豆の木のように急速に成長した。私は重い荷物を抱えているにもかかわらず、家に戻って鍵を確認するわけだが、きっかり三度、それも決まった三つの地点から引き返す、という手続きを踏まないでは学校にたどり着けなくなってしまうまで、一週間とかからなかった。もちろん、鍵が開いていた、なんてことは一度もなかった。家が燃え上がっていた、なんてことも。ただ、戻って確認しないことには、「何か悪いことが起こる」という不安に苛《さいな》まれるのだ。

鍵は確かめればいいとして、次の心配は遅刻だった。学校までは歩いて十分ほどの距離だったが、重い荷物を持ち、何度も引き返しては進むわけだから、授業の始まる一時間前には家を出ないと、確実とはいえないだろう。早く起きなくてはいけない。ということは、寝坊したら大変だということだ……

なんとか無事に学校に辿り着くと、今度は母の身を案じた。父のように交通事故に遭いはしないか、疲れで病気になりはしないか、もしかしたら今の今、私の助けを求めているのではあるまいか……

そして何といってもいちばん辛いのは夜だ。布団《ふとん》に横になって目を閉じると、マンホールの蓋がぱくぱくと動いて、暗い穴が口をききはじめる。「おまえがうかうか寝ている間に、おまえの大事なものはいただきだ……」

私はいつも眠ったふりをして、母が寝床に就くのを待つ。そして母が、安らかな、健康な寝息をたてるのをきいて初めて、眠りに入ってゆくのだった。絶対に寝坊するまいと念じながら。

おかしなことに、その年のお彼岸について、まったく記憶がない。父が亡くなって初めてのお彼岸に何もしなかったわけはないのに、そんなことさえ記憶からはじき出してしまうほど、私は身を固くしていたのだろうか。

十月に入ったばかりのある朝、とうとう、と言うべきか、私は熱を出した。

「午後になっても熱が下がらないようだったら、病院に行こうね」

「おかあさん、お仕事は」

「平気よ、一日くらい休んだって」

私は久しぶりの安息を味わった。母に勤めを休ませている、という申し訳なさは熱のせいで薄まってくれたし、とにかく静かに眠って、母に言われるままに体温計をわきの下にはさんだり、ひんやりするスプーンにのった、すりおろしたりんごを口に運んでもらったりしていればいいのだ。うつらうつらしては、目を開ける。するとそこには母がいて、テーブルの前で仕事のための本を読んでいる。結婚式のいろいろなしきたりについての本だ。母は、私が目を開けていることに気づくと、すぐに私のおでこにのったタオルを替えてくれる。私がトイレに立とうとすると、カーディガンを肩にかけてくれて、用を済まして私が出てくるまで、ずっとトイレのドアばかり見ていてくれるのだ。

私は熱を出したことを、神様に感謝したい気持ちだった。こんなに安心して、こんなにぬくぬくしていられるなら、もっと病気になったっていい、とさえ考えた。

「おかあさん」

「なに」

「ううん。呼んだだけ」

しばらくの間、とても深く眠ったのだと思う。やがて、しんと澄みきった眠りのなかに、濁った何かが混ざり始めた。動物の唸《うな》り声だろうか……

目が覚めた私は、それが玄関の戸口の脇《わき》、アパートの北側の通路に置いてある、うちの洗濯機《せんたくき》の音だとわかった。

母は、テーブルの上に開いた本におでこをくっつけて眠っている。いつの間に洗濯なんかはじめたんだろう、ぜんぜん気づかなかった、などと思いながら起き上がった。時計を見ると、もうじき正午だ。よく眠ったのでいくぶんからだが軽くなった私は、母を起こさないようにそっと立ち上がり、足音を忍ばせて玄関に向かった。

けれど扉《とびら》を開けると、洗濯機の前には見知らぬ若い男がぬっと立っていたのだ。驚いたのは向こうも同じらしく、転がるように階段を駆け降りていく。裸足《はだし》のまま通路に出た私は、きゅうにどきどきしてきて悲鳴のような声をあげた。

　母が飛び出してくるのとほとんど同時に、隣のドアが勢いよく開き、ジャージ姿の西岡さんが現れた。寝息のにおいと、低く流れる落語家の声が、西岡さんの部屋からゆっくりと溢《あふ》れだす。

　西岡さん本人は、いたって内気で冗談ひとつ言えない人だったが、たぶんあれはカセットテープだったのだろう、部屋にいればしじゅう落語を流していて、高くなったり低くなったりうねりながら続く男の声が、よく壁越しにきこえてきたものだ。もしかしたら、眠っている間もテープを流し続けていたのかも知れない。

　その日はタクシーの夜勤明けだったらしく、いかにも寝起きといった感じの西岡さんは、なかなかに凄惨《せいさん》だった。瞼《まぶた》はひどく腫《は》れているし、いつも乱れがちな髪はいっそうざんばらで、片側だけ伸ばした髪が海草のように垂れ下がっているものだから、大きく後退した額が剝《む》き出しになっている。私はひょろひょろに痩《や》せた西岡さんの、毛玉だらけのジャージを着た落ち武者のような姿にびっくりして、もう一度金切り声をあげた。

「千秋、どしたの、大丈夫よ」

　母に揺すぶられても私はただ、階段の方を指さすことしかできなかった。ちょうど川沿いの道に、さっきの男らしい影が走った。西岡さんは事情も何も知らないまま、それっとばかりに階段を駆け降りていく。母と私はしばらくの間、洗濯機のなかで回り続けている見覚えのない下着やトレパンを呆然《ぼうぜん》と見つめていた。

「……おかあさん」

「うん」

「あの人、洗濯してたの？」

「みたい」

「洗濯機ないの？」

「そうねぇ」

「……これ、どうするの？」

「うーん」

洗濯機が止まっても、母は考え込んでいる。私は恐る恐る排水ボタンを押した。ばこん、と大きな音がして、灰色に濁った洗濯水が排水パイプに流れだすと、母は台所から大きなビニール袋を持ってきて、顔をしかめながら泡《あわ》だらけの洗濯物をそのなかに放《ほう》り込んだ。

やがて、息をはずませて帰ってきた西岡さんは、

「な、情けない奴《やつ》だなあ。コインランドリー代けちったってわけですか」

膨れ上がったビニール袋に目を据《す》えたまま、普段からよく動く眉毛《まゆげ》をぴくぴく、と続けざまに吊《つ》り上げている。

西岡さんはしばらくの間、「情けないなぁ、情けないなぁ」と、男のわりにかん高い声でせかせかと呟《つぶや》いてはため息をついていたが、母のうしろにからだを半分かくした私が「こんにちは」と言うと、大人同士でする時のように頭をちょこっとさげた。「あの、ごめんね。逃げられちゃって……」

それからきゅうに気づいたように、顔の左側に垂れ下がった長い髪をなでつけて、おでこを隠した。

布団に入るように母が言い、私は部屋にひっこんだ。扉は開けたままにしていたので、西岡さんと母の話し声がきこえてくる。

「もしかしたら、もしかしたらあいつ、今日が初めてってわけじゃないかも知れないです」

西岡さんがそう言ったので、私はどきんとした。そんな、と不安そうな声をあげた母に、「あり得ます、下はおばあさんひとりだし、ア、アパートは昼間ぜんぜんいないわけだから」

西岡さんは、自分は夜に仕事をするから昼間いないこともないのだが、たいていは熟睡していて、今日は偶然トイレに起きたところだったのだと、時折どもったりしながら早口で話した。

ビニール袋の洗濯物は、明日の朝ゴミで出すことにして、それまでは外の門扉《もんぴ》のところに置いておくことにした。取りに戻ってくるかも知れないし、へんに恨まれたりしたらこわい、と母が言ったからだ。

西岡さんと母は、ビニール袋を提げて階段を降りていった。私は布団のなかでその足音をききながら、こんなことが起きたのは自分が悪いのだ、と子供らしい生真面目《きまじめ》さで考えていた。学校を休んで、母にも勤めを休ませて、その上もっと病気になってもいいなどと考えたから、ばちが当たったのだ。もし学校に行っていれば、母も仕事に出ていただろうし、そうしたら誰がうちの洗濯機を使おうと気づきもせず、万事うまくいっていたはずではないか。

私はぎゅっと目を閉じた。するとマンホールの蓋《ふた》がパクンと音をたてて開き、地の底の声帯から、いやな響きの声が届いた。

「肝心なのは油断大敵ってこと。それを忘れちゃいけないね」

そうだ、明日からは絶対に学校を休んだりしてはいけない。暗い穴に気を許すことは、一瞬だってできないのだ。私は自分にそう言いきかせると、もう一度、しっかりと目を閉じた。

3

けれど私ががんばろうとすればするほど、からだは言うことをきかなくなっていくようだった。それほど高くもない熱が上がったり下がったりをだらだらと繰り返し、母はもう、勤めを一週間、私のために休んでいた。私はその間、移動するマンホールに追いかけられる夢を見て目覚めては、まだ眠りのいっぱいに詰まったぐらぐらする頭を洋服簞笥《だんす》にもたせかけながら、学校に行くための着替えを始めるのだった。時には真夜中でさえ、私は着替えを始めた。ランドセルとズックの手提げには、いつもどおりすべての教科書とノートが入っているはずだ。鉛筆は削ってある。消しゴム、よし。体操服、よし。給食袋、よし。ハーモニカ、よし。色鉛筆、よし……

ついに病院の先生は、「お嬢さんを、しばらく入院させるべきです」という、恐ろしい宣告を下した。入院、という言葉をきいた途端、私は思い切り首を横に振った。これ以上、知らないところに放りこまれるのは、まったくもって御免だったのだ。

「千秋、入院したらまた元気になって、学校に行けるのよ」

困りきったように母が言った。

「うそ」

「うそじゃないわよ」

「入院なんかしないでいい。明日から学校に行く」

入院するくらいなら学校に行く、と私は頑強《がんきょう》に言い張った。それほど言うなら家で養生したほうがよかろうということになり、しかし母はこれ以上欠勤するとせっかく得た職を失うことになる。さあどうしよう困った、というところに、大家のおばあさんが名乗りをあげた。

「こんなことになったのは、大家のあたしに責めがある。あんたが勤めに行ってる間、千秋ちゃんは、あたしが見てるから」

おばあさんは、私のしつこくて神経質な病状は洗濯機事件のせいだと見ていて、そのことではとても責任を感じていたのだった。ポプラ荘の外の門扉はいつも開けっ放しで、それがいけなかったのだと言っていたらしい。

「毎朝おかあさんが出かける時に、千秋はおばあさんのところに行くのよ。おばあさんがね、千秋のためにお布団《ふとん》を敷いておいてくれるって」

母の言葉に、私は非常なショックを受けた。あの妙な御札の貼《は》ってある、古い本だらけの、雨戸が一枚しか開いていない部屋で寝ていろと言うのか。しかもおばあさんは最初に「子供お断り」と言ったのだから、子供好きではないだろう。これではまるで、悪い魔女の住処《すみか》に送り込まれるようなものではないか。

「おばあさんが、うちに来るんじゃだめなの」

「おばあさんは、膝《ひざ》がこの頃《ごろ》悪くって、階段の昇り降りがつらいんですって。それにそばで寝ていてくれたほうが心配しないですむって」

母はちょっと笑って、私のほっぺたを人さし指で軽くつついた。

「昼間だけよ」

「うちでちゃんとおとなしくしてるから」

「おかあさんがお仕事から帰ってきたら、一緒に帰るの。ね、わがまま言わないで」

そう言われてしまうと、もうどうしようもなかった。それに、もし私が行かなかったら、おばあさんは気を悪くするにちがいない……

翌日から、私は母と一緒に「出勤」した。

おばあさんは、玄関から入っていちばん奥の、台所の板の間と南北に繋《つな》がっている茶の間のようなところに、私のための布団を敷いてくれていた。茶の間のようなところ、というのは変な言い方かも知れない。おばあさんはいつもその部屋で、お茶を飲んだり新聞を読んだり、炬燵《こたつ》にあたりながらテレビを見たりしているのだから、絨毯《じゅうたん》敷きとはいえ茶の間にはちがいないのだ。けれども玄関からまっすぐ延びた廊下の向こうに見えたとおり、その部屋には古い本が天井までぎっしり詰まった作り付けの本棚《ほんだな》やら、緑色の石を彫った竜《りゅう》の置物やら、幽霊の抜け毛みたいに見える奇妙な恰好《かっこう》の字の並んだ掛け軸だのがあって、茶の間と呼ぶにはあまりにもおどろおどろしいのだった。金色の把手《とって》のついた真っ黒な簞笥が掃き出し窓のすぐ際《きわ》に置いてあり、布団はその重々しい簞笥にひっつくようにして敷かれていた。布団に横になって簞笥と反対のほうを向くと、仏壇の上に飾ってある古ぼけた写真のおじいさんと目が合うようになっている。胸元まで隠れるほどの白い髭《ひげ》を生やしたこのおじいさんは、あたまには一本の毛もなく、どちらかというと気弱そうな顔をしていたが、やはり不気味な仲間であることに変わりはなかった。ひとつ、ほっとしたのは、私のためを思ってか、それとも単に季節が変わったせいか、雨戸が開け放たれていたことだ。

私はおかっぱ頭に櫛《くし》を入れ、いちご模様のいいほうのパジャマの上に青い太毛糸で編んだカーディガンを着て、おばあさんのところへ行く。「おはようございます」と挨拶《あいさつ》して、おばあさんの敷いてくれたずっしり重い綿の布団にもぐり込む。最初の二、三日は、眠ってしまうのが不安だった。おばあさんはおばあさんで私が眠っていると思っているのか、それとも私に興味がないのか、「薬の時間だよ」とか「体温を計りなさい」などという時以外は話しかけてもこないから、私はただひたすら柱時計のカチコチいう音をききながら、まんじりともせずにいた。

しかし、ただ寝ていればすむというわけではなかったのだ。

昼になると、私は母の持たせてくれたおむすびをふたつ食べる。おばあさんはいつも決まって冷や御飯に昆布《こぶ》の佃煮《つくだに》、それから中身がたいていは蕪《かぶ》の味噌汁《みそしる》という献立である。この味噌汁を、おばあさんは私にも振る舞ってくれるのだが、私の母は蕪の味噌汁を作らなかったし、どろどろに煮えすぎた蕪も、後で喉《のど》がかわいて仕方がない濃い汁も、「さすがにこのおばあさんの作るものだ」と納得してしまうほど、私には難物なのだった。

おばあさんは、私が辟易《へきえき》していることなど少しも気づかずに、いつも最後の一滴まで残さず味噌汁をすする。汁をぜんぶ飲んでしまったお椀《わん》に残った蕪の葉っぱを、大事そうにお箸《はし》でつまんで口に運ぶ。下の前歯三本しか歯のないあの口で、漬物《つけもの》でも草加せんべいでも何でも食べてしまうのだから、私はついおばあさんの食事する様子に見とれてしまいがちなのだが、そうやっておばあさんのぽっかり開いた洞窟《どうくつ》のような口に魂まで吸い込まれそうになっていると必ず、おばあさんはじろり、とこちらを見て言うのだ。

「おや、すすまないね」

すると私は大慌《おおあわ》てで、お椀の中身をかきこむのだった。「食欲がない」などと母に報告されたら、この苦役から解放される日が、遠ざかることになる。

さらに悪いことに、おばあさんは煎《せん》じ薬を私に飲ませるのである。それは薄甘いような苦いような酸っぱいような、なんとも得体の知れない味の薬で、おばあさんが毎日「血の巡りをよくするために」飲んでいるものだった。初めて飲まされた日、おばあさんの家のなかの妙なにおいは、この薬のせいなのだということがすぐにわかった。

「元気になりたかったら、我慢してお飲み。そのうち慣れるから」

私は目に涙をため、吐きそうになるのを必死にこらえて、薬の入った湯呑《ゆの》みに描いてある梅の花の絵をにらみながら、それを飲み下す。もしも私がおばあさんのような年寄りになったって、こんな味に慣れたりするものか、と思いながら。

重い布団と、蕪の味噌汁と、煎じ薬の何日かを、私は文字通り黙々と消化した。何を喋《しゃべ》ったらいいのかわからなかったし、喋って失敗するくらいなら黙っているほうがいい、という何とも消極的な気持ちだったのだ。おばあさんは、どうだったのだろうか。やはり子供は苦手だ、と思っていたのかも知れない。

初めておばあさんと、まあ一応会話らしい会話を交わした日のことは、今でもよく憶《おぼ》えている。

「目医者に行ってくるよ。すぐ帰ってくるから」

私が毎日来るようになって以来、おばあさんが出かけるのは初めてだった。私はおばあさんとふたりきりでいるのが気詰まりだったくせに、ひとりで取り残されると思うと「それでは話がちがう」と言いたいような気持ちに一瞬なったけれど、おばあさんがまったく頓着《とんちゃく》なく、当然のことのように「目医者に行ってくる」と言ったものだから、黙って頷《うなず》くより仕方なかった。そうか、おばあさんにも用があるのか、この世のなかで、こんなふうに寝たり起きたり、せいぜい本を読んだりするだけで毎日を過ごしているのは自分だけなのだな……私はすっかり心細くなって、おばあさんが部屋を行き来して着替えたり、火の元を確かめたりする物音をきいていた。

おばあさんは小雨のなかを出かけていった。しばらくすると雨は本降りになり、あたりはますます暗くなった。すぐ帰ってくると言ったけれど、すぐっていったいどのくらいなのだろう。時間が気になりだすと、柱時計のカチコチいう音ばかりが、頭のまわりにまとわりついてくる。時計をにらみつけていると、今度は樋《とい》のこわれたところから、雨水が土の上にぼたぼたとこぼれる音が気になって仕方がない。何だか熱が高くなってきたような気がして、私は何度も寝返りをうった。寝返りをうちながら、日に焼けた本の背や、仏壇のおじいさんの写真や、黄ばんだ掛け軸や、置物の竜の剝《む》きだした牙《きば》などを、見ないように目を閉じているべきなのか、それとも油断せずに見張っているべきなのか、迷いに迷いながら薄目を開けていた。

そのうち、知らずに眠っていたらしい。あ、と目を覚ました時、あたり一面、金色に光っているんじゃないかと思うほどの明るさに、私はしばらくの間ぼうっとしていた。時計を見ると、お昼を過ぎている。ということは、おばあさんが家を出てから、二時間くらいたったことになる。おばあさんたら、すぐ帰ってくると言ったくせに。別に待っているわけでもないのに、私はそう思った。

それにしても、さっきの暗さが嘘《うそ》のような、すごい天気の変わりようだ。私は寝床から出て、庭に面した掃き出し窓を開けた。

清々《すがすが》しさ、というものを生まれて初めて意識に刻んだのは、あの時だったと思う。雨上がりのひんやりとした秋の空気を、私は胸いっぱいに吸い込んだ。そしてあたりが明るく、金色に輝いているように見えるのは、ポプラの木のせいだということに気づいた。

私はしばらくの間、寒いのも忘れて、澄みきった空に伸びるその大きな木を見つめていた。透明な光が、黄色く色づいたポプラに降り注いでいる。いつの間に、こんなに色が変わっちゃったんだろう。夏の間、あんなに毎日毎日この木を見ていたというのに、いったい私はそのあと何をしていたんだろう……

やがてポプラ荘から三軒目の、角の家の犬が激しく吠《ほ》えだした。この犬は無駄吠《むだぼ》えばかりする駄犬で、きっと誰かがそばを通ったにちがいない。案の定、垣根《かきね》のほうを見ていると、緑色の傘《かさ》がふらりふらりとやってきた。雨なんかもう降っていないのに、傘をさしてゆっくりと歩いてくる人がいる。おばあさんだ。

おばあさんは腰が曲がっているせいか、一足ごとに、からだ全体が左右に揺れていた。傘の柄《え》を持つ腕の、肘《ひじ》のところにぶらさがった巾着《きんちゃく》袋も振り子のように揺れているのが、マサキの垣根の向こうに見え隠れしている。

その時、ポプラの葉の間から、鳩《はと》よりすこし小さな鳥が鋭い声とともに飛び出してきて、おばあさんは立ち止まった。首を亀《かめ》のようにくいっと伸ばし、曲がった背に傘を担《かつ》ぐようにして空を見上げる。

「やっぱりポパイにそっくりだ」

と私は思った。でも、その時のおばあさんの顔は、いつもより悪者ぽくなかった。

おばあさんは濡《ぬ》れ縁のところに立っている私に気づくと、少しばかり驚いたようだった。外の空気は気持ちよかったし、いつも泰然としていて子供のために猫撫《ねこな》で声ひとつ出しもしないおばあさんを驚かすことができたのだから、私はすっかり調子づいた。

「雨、もうやんだよ」

かすれてはいたものの、私が大きな声でそう言うと、おばあさんはにいっと笑った。そういう笑い方をする時、おばあさんの口は、ほとんど鼻の下に埋まりこんだ一本の大きなしわになってしまう。

けれどもおばあさんは笑うだけで、傘をたたもうともしない。私はまだ湿っているおばあさんの下駄を突っかけると、庭を通って外の門のところまで行った。その門は開け閉めするたびにきぃきぃいやな音をたてたが、洗濯機《せんたくき》事件以来、いつも閉めておくことになったのだ。

私はおばあさんのために門を開けると、もう一度言ってみた。

「おばあさん、雨、もうやんだよ」

「やんでるさ」

言葉に詰まっていると、おばあさんは私の目線をつかまえて、

「干してんの」

「え」

「傘は使ったら干すの。おや、あんたは知らないかい」

おばあさんの態度があまりにも、傘を歩きながら干すのは当然、というものだったので、私は「知ってるよ」としか言えなかった。

「早くお入り。そんな恰好で」

そう言った時にはもう、おばあさんは濡れ縁のほうに向かっている。足もとの踏み石のところに、まだ少し湿り気の残っている傘をそのまま置くと、おばあさんは掃き出し窓から「よっこらしょ」と家のなかに入ってしまった。玄関のほうに回すために、脱いだ履物を手にすることも忘れなかった。私は取り残されて、くしゃみをひとつした。

これがおばあさんと私の記念すべき最初の会話だ。もう少し後になって、やはりおばあさんが晴れ間に傘をさしていたことがある。「傘、もう乾いてるよ」と指摘した私に、お

ばあさんは今度は、「日傘のかわり」と、すまして言った。

「おばあさん、蕪のお味噌汁、好きなの？」

「ああ好きさ」

「どうして」

「どうしてって、好き嫌《きら》いにどうしてもこうしてもありゃしないよ」

おばあさんは相変わらず、自分から話しかけてくることは滅多になかったが、私が質問すれば答えてくれた。多少そっけない答えかたではあったけれど。

「おばあさん、何歳」

「さてね」

という具合に。

でも、時にはもっと長く話すこともあった。たとえばある日、私はおばあさんの後頭部にハゲを見つけた。おばあさんは、顔こそ薄黒くてしわも深かったけれど、髪は少しの黄色みもないきれいな白髪で、ふうわりと持ち上がる程度に癖のあるその髪を、おかっぱ頭の私と同じくらいに短く切って後ろになでつけていた。考え事をする時など、おばあさんはよく掌《てのひら》を頭のてっぺんより少し下がったところに置く。私は、おばあさんがいつも手を置く辺りの白髪がちょっと割れて、顔と地続きとは思えないほど艶《つや》のある地肌《じはだ》がのぞいているのを見つけたのだ。

「おばあさん、女でもハゲの人っている？」

私は精一杯遠回しに訊《たず》ねた。これならおばあさんのことを言っていると気づかれることは絶対にあるまい、と思っていたのに、おばあさんはすぐにわかって「ああ、これ」と髪に手をやったから、私は身の縮む思いだった。けれどおばあさんは気を悪くした様子もないようで、

「あたしはね、若い頃癇性《ころかんしょう》で、なんでもきっちりやらないと気がすまなかったからね。髷《まげ》を結うのに、頭の皮が浮き上がるくらいきつく縛ってた。そのせいだよ」

「マゲって何」

「マゲってのはマゲさ。昔の人間のあたま」

「水戸黄門のテレビにでてくるみたいなやつ?」

「あれはちょっと古いけど、まあそんなもんだよ」

「おばあさん、着物着てた?」

「着てたよ。昔はみんな着物」

「……きつく縛るとハゲちゃうの?」

「そうだよ。あんたも気をおつけ」

「うん、気をつける」

そうやって言葉を外に向かって発するようになると、外側からも、いろいろなことが私に向かって流れ込んできはじめたように思う。私はポプラの木が日ごとに葉を落としていく様子を面白く感じた。いくぶんまばらになった葉の間に、赤い実をひとつ見つけた時は、興奮してさえいた。

「あれは、カラスウリ」

と、おばあさんは教えてくれた。

「蔓《つる》が巻きついてるんだよ。そのうち鳥がつつきにくる」

おばあさんの庭に、野良猫《のら》がよく来ることに気づいたのも、ちょうどこの頃だったと思う。フッキソウやシャガなどの下生えにもぐりこんでいたり、土の上に放《ほう》り出してある青い火鉢《ひばち》のふちに乗っかっていたり、猫にとっておばあさんの庭は、なかなか居心地がいいらしいのだった。毎朝、おかあさんの作ってくれたおむすびと一緒に、私は牛乳の少し入ったコップを持って家を出るようになった。おばあさんは、糞《ふん》をするからいやだとか、鳥が来なくなるとか言いながら、ふちの欠けたお皿を出してきてくれた。私はそのお皿に牛乳を注ぎ、濡れ縁のすぐ脇《わき》にある、物干場に置いた。

私がまた熱をだして、いったんはしまっていた布団《ふとん》を敷いてもらった日のことだ。眠っていると、

「駄目ですよ、駄目ですよ」

外でおばあさんの声がする。私は起き上がり、掃き出し窓を開けた。明るく晴れ渡っているのに、空気はきりりと冷たかった。もう十一月に入っていたはずだ。

おばあさんは、落ち葉の目立ちはじめた庭に立ち、眩《まぶ》しそうに空を見上げている。そのまわりには猫たちが四、五匹。こちらはおばあさんとは反対に、うずくまって下を向き、

ひどく熱心に口を動かしていた。

おばあさんはもう一度、空に向かって声をはりあげるが、年寄りの少し弛《ゆる》んだ声は、はりあげようにも、すぐに裏返ってしまう。

「駄目ですよ、佐々木さん。いつも言ってることですけどね、猫に何かやるのはいいんですよ。だけど上から放るのはやめてちょうだい。ちゃんと下に降りて、決まったとこでやってちょうだい」

私は濡れ縁に身を乗り出すようにして、上を見上げた。西側の部屋の窓から、まだ起きたばかりの佐々木さんの白っぽい顔が突き出ている。

佐々木さんは、遊園地のショーやお芝居のための衣裳《いしょう》を作る会社に勤めていた。いつも細身のジーンズをはいて、歩きながら煙草《たばこ》を吸っている。化粧をしているのを見たことがない。母と年はそれほど違わないらしいのに、なんだか学生みたいな感じの人だった。

物干場で、猫に牛乳をやっている時、佐々木さんに話しかけられたことがある。

「あんた星野さんとこの子でしょ」

私は声を出さずに頷《うなず》いた。

「いくつ」

私は手で六の数字を示した。こんな子供っぽいことをして何か言われるかな、と思ったけれど、佐々木さんはいっこうに頓着《とんちゃく》しないようで、私の横にしゃがみこむと、いきなり次の質問を突きつけてきた。

「ちょっときくけどさ、あんたの髪型って、あたしの真似《まね》してるわけ?」

たしかに、佐々木さんの髪型は私と同じおかっぱだ。この人は私みたいな子供が自分と同じ髪型なので気を悪くしているにちがいない、と思い込んだ私は、首を振ることさえできずに石のように固まってしまった。

すると佐々木さんは、

「なによ、お揃《そろ》いだって言いたかっただけよ。あんたって冗談通じないのねぇ」

と、煙草の煙を吐き出して立ち上がり、悠々《ゆうゆう》と階段を昇っていってしまったのだった。

おばあさんは、まだ上を向いて声を張り上げている。相当、頭にきているらしい。

「佐々木さん、いい、わかった? 猫に餌《えさ》をやる時は、ちゃんと……」

「すみませーん」

佐々木さんは顔を引っ込めると、窓をそろそろと閉めた。

濡れ縁のところからよく見ると、地面にちくわの切れっ端が落ちている。いちばん図体《ずうたい》の大きいトラ猫が、そろっと寄ってきてすばやく口にくわえた。他の猫たちは、また上から御馳走《ごちそう》が降ってきはしないかと、物欲しそうに空を見上げていた。

「ああいやだねぇ、畜生は。みじめったらしいったらありゃしない」

おばあさんは、下駄《げた》を脱ぎながら嘆いた。

「早く布団にお戻り。また熱が上がるよ」

おばあさんがぷりぷりしているようなので、私は急いで布団にすべりこんだ。布団のなかはほっこりと温かく、思わずぶるっと身震いしてしまう。

「佐々木さんには困ったもんだ。くさくさすると、すぐへんなことをやらかすんだよ、あの人は」

おばあさんは炬燵《こたつ》の前に落ちついても、まだひとり言のようにそんなことを言っている。

「くさくさすると、上から猫に餌やるの？」

布団から目だけ出して、私は訊《き》いた。

「さあね」

「だって今、そう言ったよ」

「じゃ、そうなんだろ」

私はしばらく考えて、「ちがうよ」と言った。

おや、とおばあさんがこっちを見る。「どうちがうんだい」

「きっとおもしろいからだと思うな」

「いい大人が花咲爺《じい》さんの真似かい？　ろくでもないねぇ」

おばあさんの「ろくでもないねぇ」がおかしくて、私はくすくす笑った。するとおばあさんは、ぎろりと目を光らせて私をにらんだ。

「真似しようなんて考えは、やめとくれよ」

もちろん佐々木さんはそれからも、花咲爺さんをやらかしては、おばあさんをかぁかぁさせた。私はその様子を見るのが、おばあさんには悪いけれど面白くてしかたがないのだった。

4

甘いものに貪欲《どんよく》なおばあさんは、目医者の帰りにおやつを買って帰る。買うのはいつも、西川屋の豆大福を四つ、と決まっていた。

おばあさんは、四つの豆大福のうち二つをそれぞれお皿にのせ、一枚のお皿を私に、もう一枚のお皿を仏壇のところに持っていく。そして鉦《かね》をちーんと鳴らして拝むと、今し方お供えしたばかりのお皿をすぐさま回収し、食べはじめるのだった。

「お供えのぶんもあるのに」

ある日、私はプラスチックの入れ物に残った、あとふたつの大福を横目で見ながら言ってみた。

「うちの先生は、甘いものは好きじゃなかったから。見せるだけでいいの」

おばあさんはすまして口をもぐもぐさせている。仏壇の写真の、長い白髭《しろひげ》を生やしたおじいさんを、おばあさんは「うちの先生」と呼んでいた。

けれどその頃になると私はもうだいぶ元気になって、おばあさんの観察も進んでいたので、「甘いものが好きじゃなかったから」なんていうのは嘘《うそ》なのを知っていた。おばあさんは大の片付け好きなのだ。

おばあさんは、洗濯《せんたく》ときたら洗濯機をまわすのも干すのも面倒くさがるし、料理も嫌いで、台所に立つ時はただでさえ曲がっている背中が、いっそう億劫《おっくう》そうに縮こまってしまう。けれども片付けだけは素早いのだった。包丁でも爪切《つめき》りでもハンコでも乾いた洗濯物でも、五分後に使うとわかっていようと、今使わなければ、片づける。片づけないことには、なんだか目つきがそわそわしてしまう。

だから、仏壇の上でお菓子がだんだん干《ひ》からびて埃《ほこり》が積もっていくなどということは、おばあさんにはとても耐えられないのだろう、と私は理解した。毎朝お供えする御飯さえ、おばあさんは鉦ひとつ鳴らしただけで、すぐに炊飯器に戻すのである。

私の家にも、真新しい仏壇があった。仏壇そのものもだが、そこに飾ってある父の写真まで、なぜか私にはよそよそしく感じられてならなかった。時折その前にぼんやりと座り込んでいることがあったとはいえ、母も概《おおむ》ね私と同じで、かたちだけ揃えたものの仏壇にはどうにも馴染《なじ》めないようだった。お供えの果物は、長い間、放っておかれた。

「おばあさん、どうしてお供えなんかするの？」

おばあさんは、パックのなかからふたつめの大福をつまみあげる。

「あんたも、もうひとつお食べ」

いらない、と私は首を振った。「ねえ、どうして」

「そうだねぇ」

「果物、腐るんだよ。お供えしても」

おばあさんは、ちょっと首をかしげた。

「あのね、おかあさんは、おとうさんの話とかはしない。だけど、仏壇にお供えはする」

私は少ない言葉を使って、いっしょうけんめいに自分の考えていることを話した。テーブルの上で放りっぱなしになっているバナナと、仏壇にお供えしたバナナが、まるで同じように黒くなっていくのは、父と私たち母子《ははこ》がどれほど無縁になってしまったかということの証拠でしかないのだ、と。もしもお葬式に来た大人たちが言ったように、父がほんとうに私のことを見守ってくれているのなら、お供えものに対して、なぜ父は知らん顔をするのか。

「何かすごいことがなくちゃおかしいよ。果物がパッて消えちゃうとか、それとも全然腐らないとか……」

突然、切羽詰まった気持ちになって、私は口をつぐんだ。そうだあの日から、父が死んだあの日から、母も、私も、なすすべもなく腐っていく果物みたいに放り出されて、見放されているのだ……

「あんたのおとうさんは、ちゃんとあんたのことを見てるよ」

おばあさんがそう言った時、私はなんだかかたくなな気持ちで「うそだ」と答えた。

「おとうさんのこと、知らないくせに」

「知らなくたって、わかるさ」

「死んだことないくせに」

「死んだことなくたってね、あんたよりは近いとこにいるもの」

「じゃあどうして、おばあさんはいつまでも死なないの?」

ずいぶんな言いがかりではあったけれど、おばあさんは「こればっかりは寿命ってもんがあるからねえ」と、いたって暢気《のんき》そうだ。

「ま、あたしだって化け物じゃないんだ、いつか死ぬんだよ」

「いつかっていつ」

「さて、そこが問題だよ」

おばあさんは座椅子《ざいす》の上で座りなおすと、いつもの「にいっ」とした笑いを浮かべた。

「いつ死んだってかまいやしないさ。だけど、あたしにはお役目があるんだ」

「お役目?」

「そのとおり」

私はきゅうに、それまでの苛立《いらだ》ちを忘れてしまった。「お役目ってなに」

「あんたは秘密が守れるかい」

「うん」

「それじゃあ、話してあげてもいいけど」

スカートの上に落ちた大福の粉を、おばあさんは指先をべろりとなめては掃除している。

「その前に、洗濯物をとりこんでおくれでないかね」

筋ばった喉《のど》を鳴らして、おばあさんはお茶を飲んだ。


自分は手紙を届けるのだ、とおばあさんが言った時、私の頭のなかを赤いスクーターに乗ったおばあさんが横切った。

「郵便屋さん？」

おばあさんは座椅子の上で背をまるめて、ふふふ、と笑った。

「あの世のさ」

「え」

「あの世の郵便屋。あたしがあっちへ行く時に、こっちから手紙を運ぼうってんだよ」

おばあさんは「ここんとこ雨が降らないから……」と言いながら、ちり紙で鼻のあたりをもそもそやっている。私はくずかごを引き寄せると、おばあさんの手もとに置いた。かちかちに乾いた鼻くそをくるんだちり紙を、捨てさせられるのがいやだったのだ。

「あの世にいる誰かとね、たとい心底繋《つな》がってると思ってたって、違うものだよ、手紙を届けてもらえばね」

「違うって」

「そりゃあ、それがほんとに着くからさ」

私には、まだおばあさんの言うことがよくわからなかった。頭のなかでは、おばあさんがおでこに白いサンカクをつけ、歯のない口を開けてからから笑いながら赤いスクーターを乗り回している。

「あたしのおばあさんが死んだ時」

ちり紙を小さく丸めてくずかごに落とすと、おばあさんは話しはじめた。

「あたしはお棺のなかのおばあさんに頼んだんだ。この手紙を、従兄《いとこ》の孝介さんに持ってってくださいって」

「お棺のなかに、手紙を入れたの?」

「そういうこと」

「おばあさんのおばあさんって、すごいおばあさん？」

「ああ、すごいおばあさんさ。だけど今のあたしより、若かったんじゃないかね」

「おばあさん、子供だった？」

「子供だよ。ここのつだもの」

ランドセルを背負ったおばあさんの姿を想像したかったけれど、頭がぼうっとなっただけだった。

「孝介さんはあたしよりだいぶ年上だったけど、よく遊んでくれてねぇ、やさしかった」

「その人、死んじゃったの？　病気？」

おばあさんは頷《うなず》いた。

「あの年はお弔いばかりだったよ。最初に本家の伯父さんが川に落ちて、それから風邪をこじらせた孝介さん、で、おばあさんと続いたんだから……」

「手紙に、なんて書いたの？」

「もういっぺん会いに来てくださいって」

私は息をのんだ。歯医者の待合室で読んだ、こわい漫画を思い出したのだ。戦争で息子を亡《な》くした夫婦が、三つの願いが叶《かな》う猿《さる》の手のミイラを手に入れるという、あの有名な話を子供向けに漫画化したものだったと思う。嵐《あらし》の夜、墓場から死んだ息子がやってくる。虚《うつ》ろな穴となった両目、千切れた衣服の間からのぞく、どろどろに溶けた皮膚……

「その人、生き返って来たの？」

私が少しかすれた声で訊くと、おばあさんは、そう先をお急ぎでないよ、とひとつ残った大福をちらりと見た。

「ほんとにいらないのかい？」

「おばあさん食べなよ」

「それじゃお茶を一杯、いれてもらおうかね」

おばあさんは、私が危なっかしい手つきでいれたお茶を飲み、三つ目の大福をぺろりと食べてしまった。それからしつこく咳払《せきばら》いをして、それがおさまると鼻をかみ、手櫛《てぐし》で髪をなでつけ、私にもう一杯お茶を汲《く》ませ、いい加減こちらが苛々してきたところを見計ったように「こっからが肝心要《かなめ》だよ」と、ようやく本題に戻った。

「あたしは従兄の孝介さんが死んでから、夜中、寝てる間にふらふら歩きまわるようになってしまったのさ」

「寝ながら歩くの?」

「そうだよ」

「うそだー」

「うそなもんかね。朝になると布団《ふとん》も泥《どろ》だらけ。いったいどうしたんだろうってことになってね。母親が、腰ひもで自分の足とあたしの足をくりつけといてくれるんだけど、あんまりきつく縛っちゃかわいそうだってんで加減でもしようものなら、すぐにほどいて、またあっちふーらふら、こっちふーらふら。眠りながら歩いてるのに、高いとこから落っこちたり、肥溜《こえだ》めにはまったりすることがなかったのが不思議だねぇ」

おばあさんは、うんうん、とひとりで頷いた。

「夢遊病ってやつさ。あの頃《ころ》は、そんな洒落《しゃれ》た名前はついてなかったけど」

「おばあさんは病気になったの?」

「そうさ」何だか自慢気である。

「従兄の人が死んで、とっても悲しかったから?」

「悲しかったよ。でもね、悲しいのも悲しかったけど、何だか怖いような感じだった。しじゅう一緒に遊んだり、御飯を食べたりしていた人が、きゅうにいなくなってしまったんだからね」

おばあさんは目を閉じている。私が思わずおばあさんの言葉に頷くと、それを見ていたように、

「わかるかい」

「うん」

でも次の瞬間、おばあさんは私とはまったく別の世界に浸っていた。

「あれがあたしの初恋だったねぇ」

日なたの猫《ねこ》みたいに目をしばしばさせて、それから「フ、フ、フ、フ……」と、鼻息だか含み笑いだかわかりかねる音を鼻の穴からしきりと漏らしている。私はおばあさんの初恋の話はどうでもよかったので、

「おばあさんの病気、どうやって治ったの？」

と訊《き》いてみたのだが、するとおばあさんはたちどころに夢から覚めて、「それだよ」と

膝《ひざ》を叩《たた》いた。

「手紙をね、死んだおばあさんに持っていってもらった途端だよ。そのふらふら歩きが、ぴったり治まった」

「えぇー」

「きっと孝介さん、読んで治してくれたんだね。病気のことも書いたから」

「そうかなぁ」

「そうなんだよ。それだけじゃない、ちゃあんと会えたんだから」

とうとう話の核心に辿《たど》り着いて、私は身を乗り出した。おばあさんは、墓場でゾンビに会ったにちがいない。その恐怖の体験が、おばあさんの顔をこのようにしてしまったのだ……！

そろりと伸ばした腕を軽く揺するようにして、おばあさんは指さしている。こわごわ見ると、おじいさんの白黒写真と目が合った。白髭《しろひげ》のおじいさんは相変わらず、気弱そうな小さな目をしている。

「初めてうちの先生に会った時」

「うん」私は息をのんだ。

「びっくりしたよ。あんまり孝介さんにそっくりなんだもの。孝介さんが、うちの先生とあたしが会えるようにしてくれたんだよ」

「似てたの？」

「そう」

「どのくらい？」

「どのくらいって、そりゃあもう生き写しさ。顔だって背恰好だって、指の爪《つめ》のかたちまでそっくり。首のここんとこにね……」

おばあさんは顎《あご》を上げ、しわだらけの首の皮膚をぐいとつまんだ。色も形も大きさも、スルメの頭の三角そっくりなものが出来上がって、

「ここんとこに、ほくろがあった。二人とも」

「ふうん」

なんだゾンビじゃなかったのか、といささか期待外れではあったが、私はもう一度、おじいさんの写真を見た。

「おばあさんの従兄の人、はげてたの？」

「何を言ってるんだろうね、この子は。うちの先生だって若い時分には、ふさふさしてたもんだよ」

「あー」

「もっとも抜けだしてからは早かったねぇ……」

おばあさんは、よいしょ、と仏壇の前に座ると、ちーんと鉦を鳴らして拝んだ。なんだか抜けた髪の毛の冥福《めいふく》を祈っているみたいだったが、私も一緒に手を合わせた。

「ともかく」

おばあさんは、私の方に向き直る。

「あたしは、おばあさんに手紙を持って行ってもらってよかったのさ」

「おじいさんが死んだ時も、持っていってもらった？」

「いいや」

「どうして」

「そりゃ、うちの先生が焼き餅《もち》をやくからに決まってるじゃないか。それに」

用心深く立ち上がり、おばあさんはまた、座椅子に腰を落ちつけた。

「考えたんだよ、うちの先生が死んだ時。あたしはもう手紙を届けてもらう側じゃない。これからは手紙を持っていってやる番だってね。あたしがさっき、お役目って言ったのは、そういうこと」

私はなるほど、と感心した。ぜんぶ理解できたわけではないが、おばあさんの言葉には説得力があった。

「あたしも、いつお迎えが来てもおかしくない年頃だからね。今が稼《かせ》ぎ時」

「稼ぐって？　お金もらうの？」

おや何か文句があるのかい、とでも言うように、おばあさんの鼻の穴がふくらむ。「手紙を出すには切手を貼《は》るだろ？　切手はタダじゃないんだよ」

「それはそうだけど……」

釈然としないでいる私に、おばあさんはいつも私がその横で寝ている、金の把手《とって》のついた黒い簞笥《たんす》を指さした。

「いちばん上の抽出《ひきだ》し。あすこに、どっさり」

「どっさり？」

「どっさり」おばあさんは、重々しく頷く。

私の目は、その抽出しに釘付《くぎづ》けになってしまった。老婆《ろうば》の箪笥貯金！　それにしても、どっさりというのはすごすぎる。セーターの十枚くらいは楽に入りそうな大きな抽出しだ。

「うちのおかあさんなんか、あたしのお年玉も銀行に入れちゃうよ」

「ばかな子だね。預かってる手紙だよ、あすこに入ってるのは。なにしろうちの先生が死んでからだからね。二十年のうちには、ずいぶんとお得意もできた」

「開けて見ていい？」

「いいけどさ、見たらあんたがその手紙をあの世に持ってくことになるんだよ」

私はぞっとして、慌《あわ》てて箪笥から目を逸《そ》らした。

「誰が頼んでるの？」

するとおばあさんは首をにゅっと突き出し、少々濁ってはいるもののよく動く黒目を、私にぴたりと据《す》えた。

「ようくおきき。あの抽出しがね、ぎっしり、もうこれ以上一通たりとも入らないってなるまでは、あたしは死なない。つまりそれはさ、いっぱいになっちゃったら死ぬってことだよ。だから、そう簡単に、誰のものでも預かるってわけにはいかない。たとえば……」

おばあさんは、声をひそめた。

「さっき来た、郵便局の人」

「顔、見なかった」

「あの人は、実は配達なんかじゃないの。あたしに手紙を預けに来たのさ。奥さんがお風《ふ》呂《ろ》で溺《おぼ》れて死んじゃったから」

「それから？」

「これ以上は教えられないね。依頼人の名前は秘密」

口ばかりか目も閉じて、背中さえいつもよりまるめ込み、おばあさんは座椅子《ざいす》の上で古色蒼然《そうぜん》たる置物になってしまう。突然、私はおばあさんに訊《き》いていた。

「それ、いくら？」

おばあさんの鼻の穴が、かすかにうごめいたのを私は見逃さなかった。けれどおばあさ

んはさり気なく、

「さてね。場合によるよ。死んでずいぶん時間のたってる人だと、高いんだ」

「どうして」

「あの世で、捜すのに厄介《やっかい》じゃないか」

死んだことなどないはずなのに、どうしてそんなことがわかるのだろう……

「でもね、それほど昔の人でなかったら安くしとくよ。あたしだって昔、おばあさんにタダで持っていってもらったんだからね」

「それじゃタダにして。あたし書くから」

「どしてあんたにタダにしなくちゃならないんだい、合点がいかないね」

「タダにしなかったら、言っちゃうからね、みんなに」

ふうん、というように、おばあさんは私の顔を見ている。

私は内心、自分の言いだしてしまったことに、どぎまぎしていた。相手は父に決まっているけれど、それまで一度だって父に手紙を書く、などと考えたことはなかったし、何を書いたらいいのかもわからなかった。正直なところ、私はおばあさんに「タダにしろ」と言いたかっただけなのだ。それは甘えるというより、おばあさんに対する闘志のようなものに近かったと思う。

「ねぇ、ばらしてもいいの？」

「さぁてね」

「じゃ、言う」

「あんたの言うことじゃ、どのくらい本気にしてもらえるかねぇ」

おばあさんは鼻を鳴らした。そうして、すましてお茶など飲んでいる。おばあさんの鼻は、目と目の間のあたりにはほとんど鼻筋がないのに、鼻のあたまは上を向いてあぐらをかいている。私はおばあさんのそういう鼻をにらんでいたら、にわかに悔しくなってきて、

「おばあさんのうそつき」と言い放った。

「おや。あたしがうそを言ってるってのかい」

「そうだよ。うそつきはね、地獄で舌をちょんぎられちゃうんだよー」

「ふうん」おばあさんは、じろりと横目を使った。

「それじゃあ、うそかどうか、あの抽出しの中身を見るかい」

私は途端に黙り込んだ。

「どうなんだい」

「だって……秘密だって言ったじゃない」

「秘密だよ」

「秘密なら、開けたらいけないんでしょ」

けれどおばあさんは何も言わずに立ち上がると、「どれ、重いね、これは」と腕を伸ばし、簞笥の把手をチャカチャカ鳴らした。背中は曲がっているし、普通の大人と比べておばあさんはずいぶん小さいほうだから、その大きな簞笥のいちばん上の抽出しとなると開けるだけでもちょっとした仕事にちがいない。

私はその時、気づいた。どのみち秘密は守られるのだ。なぜってあの中身を見てしまったら、私が手紙を運ぶことになるのだから。もしかしたら今までにも何人か、あの抽出しのなかを見てしまったために、おばあさんのかわりに死ぬはめに陥った人がいたのかも知れない。おばあさんが長生きなのは、そのせいではないのか？

「いやー」

私は堪《こら》えきれなくなって、両手で顔を覆《おお》うようにして突っ伏した。

座布団《ざぶとん》で顔を隠している私の耳に、すーっと抽出しの開く音が届く。ごそごそとかき回す音、おばあさんの少し荒い息、それから母が着物を着た時のようないい匂《にお》いがぷうんとしたと思うと、おばあさんの近づいてくる気配がして、私の耳もとで紙がかさかさ鳴った。

「見ないのかい？　預かったばっかりの、ほやほやだよ」

ぎゅっと閉じた目から、涙が滲《にじ》んでくる。おばあさんが、くくく、と笑った。

「ほぉら、ちょっと目を開けてごらんよ」

私は座布団に顔を強く押しつけすぎて、咳《せ》き込んだ。やがておばあさんが遠のいて、抽出しの閉まる音がした。

「何だろうね、亀の子みたいに頭をすっこめて。人をうそつき呼ばわりするんなら、もう少し意気地があってもよさそうなもんだ」

けれど、目の縁を赤くした私がしょぼんと黙り込んでいると、おばあさんは意外なことを言いだした。

「タダにしてやるよ、あんたの手紙。持っておいで」

「いい」

私はすっかりむくれて、首を振った。「そんなの書かないもん」

「わかってるさ」

「え」

「わかってるから、言ってみただけ」

おばあさんは、にんまりと笑った。例の、口が一本のしわになってしまう笑い方だった。

5

翌週の月曜から、私は学校に行きはじめた。私は今度は、忘れ物や泥棒《どろぼう》や火事そのものではなく、忘れ物や泥棒や火事が心配でたまらなくなってしまう、あの不安感がまたやってくるのではないか——という不安を抱いていたから、もちろん意気揚々というわけにはいかなかったが、それでもわずかながら、外の世界と渡り合うことをおぼえはじめていたようだった。

「あたし、前はね、星野さんてしゃべれないのかと思ってた」

ある日、隣の席の子にそう言われて、私は驚いた。そんなに変だったのか、とショックを感じもしたけれど、はっきりそう言われてしまうと不思議と気持ちが落ちついた。学校はだんだんと、落とし穴だらけの無法地帯から、言葉の通じる世界へと変わりつつあった。

毎日学校を終えると、私は飛ぶようにしてポプラ荘に帰り、前の晩に書いた手紙を持っておばあさんのところへ行く。「おとうさんへ　千秋より」と書かれた封筒を渡すと、おばあさんは面倒くさそうに、よっこらしょ、と立ち上がり、「目を瞑《つむ》ったね」と私に声をかけてから、手紙を箪笥の抽出しにしまった。私は目を閉じるだけでは足りなくて、両手で瞼《まぶた》をしっかりと押さえつけた。さもないと、見ずにはいられなくなってしまうような気がしたのだ。薄い瞼の皮膚の上から、強く目玉を押さえつけると、暗闇《くらやみ》のなかに赤や緑のかたまりがぼうっと浮かびあがる。それは目を開けてからもしばらくの間、宙を漂いながら私にまとわりついた。

私はどんな気持ちで手紙を書いていたのだろうか。最初のうち、私はまだ、「父に話しかけたい」という、はっきりした欲求を感じているわけではなかった。ただ、何か心の奥のほうで、手紙を書いたほうがいい、そうするべきだ、という気がしていたのは確かなのだけれども。私にとって現実に父が死んだことと、父に宛《あ》てて手紙を書くことは、まだ結びついていなかったのだ。私はただ、おばあさんがさも意外そうに「おや、あんたにも字が書けるのかい」とか、「あんたはあたしの寿命を縮めようって気だね」などと言うのが、何より愉快なのだった。
最初の手紙はこうだ。

おとうさん、おげんきですか。わたしはげんきです。さようなら。

三通目まで、私は同じ文面を繰り返した。四通目が変わったのは、「いくらなんでもこれはひどいんじゃないか」と思ったわけではなくて、実際問題として、書くことがあったから、というのが正しい。

おとうさん、おげんきですか。きょう、わたしは7さいになりました。おかあさんが、ケーキをかってきてくれました。ケーキをきって、おおやのおばあさんのところに、もっていきました。おおやのおばあさんは、ケーキのことを「ようがし」と、いいます。それから、おとなりの、にしおかさんと、ささきさんのところにも、もっていきました。ケーキはとてもおいしかったです。おかあさんは、「エルマーのぼうけん」という本を、かってくれました。さようなら。

その日は母に「もう寝なさい」と言われてそのまま手紙に封をしたが、翌日から私は、自分のまわりに起こった出来事を、七歳なりのやり方で書き込んでいくようになった。手紙というよりは、日記をつけるようなものだ。私はその作業に、日を追うごとに打ち込むようになった。誰かに自分の毎日を、「心配をかけるのではないか」とか「叱られるのではないか」などと一切考えないで吐き出してしまえるのは、驚くほど気分のいいことだったのだ。

ポプラの木は十一月の後半になると、みるみるうちに裸になり、カラスウリは五つも赤く熟していた。私は毎日のように、学校が終わるとおばあさんのところに行き、おばあさんと一緒に落ち葉を掃いた。

竹箒《たけぼうき》は私の背よりもずっと高く、私は箒に振り回されているように見えたかも知れない。けれども私は、なかなかの働き手だった。「こんなに落ち葉が多くて、ご近所に迷惑だ」

とおばあさんが言うので、庭だけでなく、無駄吠《むだぼ》えばかりする犬のいる角まで出向き、犬に吠えられながら道路もすっかりきれいにした。また明日になれば同じことの繰り返しなのはわかっているのだけれども、その繰り返しに完全にはまっていたのだ。

箒を握りしめていると、人さし指と親指の付け根のところの皮が何度も剝《む》ける。おばあさんはその度に、

「あんたはほんとにナマクラだねぇ」

と言いながら、すごくしみる薬を塗る。そういう時おばあさんは、傷と、しかめた私の顔を見比べながら、くふふ、といかにもうれしそうに笑う。

ずっと昔、おばあさんの亡《な》くなったご主人――あの白髭《しろひげ》のおじいさん――がこの庭にポプラの苗木を植えた時、このあたりはわずかの畑と草ぼうぼうの原っぱばかりで、おばあさんたちの垣根《かきね》もまだめぐらしていないほとんど掘っ建て小屋のような家のほかには、農家が数軒あるだけだったのだそうだ。それはふたりが生まれ育った土地と少し似た風景で、おばあさんは最初のうち「せっかく出てきたのに、またこんなところに住むのか」と、がっかりしたらしい。

「でもうちの先生は、ここがたいそう気に入ってたからねぇ。家が建てこんでくるとしょんぼりしちゃってさ。そりゃあ昔のままのほうがよかったよ。だって原っぱばかりだもの、落ち葉掃きなんかしなくていいだろ？」おばあさんはそう言って、ふふんと鼻を鳴らした。

掃き集めた落ち葉を山にすると、よく焚《た》き火をした。葉っぱだけではなかなか火がつかないので、おばあさんは物置の石油缶《かん》から、把手《とって》のとれたコーヒーカップに灯油を注ぐ。それから、新聞紙を棒状に丸めた先をカップに浸し、マッチで火をつける。松明《たいまつ》を掲げるように、火のついた新聞紙の筒を捧《ささ》げ持つおばあさんは、いつもよりいっそう背中も曲がって、なんだか物凄《ものすご》いのだった。カップに残った灯油を落ち葉の山の上にタラランッと滴《したた》らせ、新聞紙の筒で数カ所点火すると、おばあさんはしばらくの間、じっと身動きしない。

火は、最初とても遠慮がちだ。巣穴から目だけ出し、あたりを窺《うかが》ってばかりいる臆病《おくびょう》な動物のように。やがてある瞬間、それまでのおずおずした様子とはうって変わって、安定した、力強い呼吸をする炎が燃え上がる。一見穏やかな、いつ訪れるかわからないその瞬間を迎えると、私はいつでも驚きを覚え、おばあさんは呪文《じゅもん》が解けたように再び火のまわりをうろうろと歩きだすのだった。

私はよく、しゃがみこみ、落ち葉や紙屑《かみくず》が火のなかで、悶《もだ》えるように姿を変えていく様子を息をつめて見ていたものだ。それは火葬場で見た父の骨を思い出させもしたけれど、焚き火の炎はなぜか私を不安にさせなかったから、私は焚き火をする度、父の骨についての記憶を自分から先回りして呼び出すようになり、何度も何度もそれを繰り返しているうちに、父の骨はほかの思い出と切り離されて、ただそれそのものとして私の心に慣れ親しんだ。

佐々木さんは、仕事が休みの日だと必ず、焚き火の匂いを嗅《か》ぎつけた。そして、

「お芋買ってくる！」

と、自転車に乗って飛び出していく。お芋をまず濡《ぬ》れた新聞紙にくるみ、さらにぎんがみで包んでゆっくりと蒸し焼きにするのがいいのだ、と言うおばあさんに従って、私たちはお芋を焼いた。薄暗くなりかけた冬の夕方、焚き火の側《そば》で、顔ばかり火照《ほて》ってはいてもからだの芯《しん》は冷えてこわばっているところに熱いお芋を食べるのは、何よりの御馳走《ごちそう》だった。

佐々木さんは外の道路をたまたま誰かが通りかかると、知らない人でもおかまいなしに

呼びかける。

「お芋、食べていきませんか?」

焚き火が燃え盛っていればいるほど、声をかけられた人たちがすうっと誘いに応じたのは、不思議なほどだ。犬の散歩の途中のおじさんとか、保険のセールスの女の人とか、顔中を泥と涙だらけにして、壊れた自転車を押していた男の子とか。皆、あまり口をきかなかったような気がする。実際、お芋が熱かったから口がきけなかったのかも知れないけれど、そうやって見ず知らずの者どうしが、おばあさんの庭でひとつの火を囲んで、ものを食べている——その記憶が、とても静かな絵のように、私のなかに焼きついているのだ。

ある日のこと。庭で、私はおばあさんを待っていた。目医者にでも行ったのだろうか。学校から帰ってきて、もうずいぶん時間がたっていた。

前夜の北風で、ポプラはほとんど丸裸になっている。私は黄色い落ち葉を掃き集めながら、「全部葉っぱがなくなったら、焚き火もできなくなるのだ」と考えていた。毎日毎日、まるで賽《さい》の河原で小石を積むように、掃いても掃いても落ち葉掃きは続くものだとばかり思っていたのに、それにもいつか終わりがくるのだと、私は初めて気づいた。なんだかひどく頼りないような気持ちになって、私は竹箒を握りしめていた。

私は葉っぱを山盛りにすると、もちろん子供がひとりで火をつけることなどできないのはわかっているから、しゃがみこんでおばあさんを待った。風はもうやんでいたけれど、寒い、灰色の日だった。折り曲げた足からだんだんと感覚がなくなって、からだの熱が、低く、淀《よど》んでいくのがわかる。

おーい、おーい……

遠いところから呼ぶような声がして、私は目を開けた。いつの間にか、しゃがみこんだまま眠っていたのだ。剝き出しの膝小僧《ひざこぞう》の上に、押し当てていた前歯の跡がついて、足がじんじんと痺《しび》れていた。あたりはだいぶ暗くなっている。

「寝てたの？」

はっと顔をあげると、目の前に巨大なうさぎの頭があった。うさぎはジーンズをはいて、呆然《ぼうぜん》としゃがんでいる私にむかって手を振った。

「佐々木さん？」

「あ、すぐにわかっちゃうわけね」

かぶっていたうさぎの頭を持ち上げて、佐々木さんが現れた。うさぎの頭と一緒に、髪が一瞬ふわっと逆立って、「佐々木さんて美人だ」と、私は思った。

「これね、うちの会社で作ったのよ。もういらないって言うから」

佐々木さんは、巨大なうさぎの頭部を私に突き出した。

「あんたにあげようと思って」

私は足の痺れによろよろしながら立ち上がり、うさぎの頭をかぶってみた。

「なんにも見えない。くさい」

私は真っ暗ななかでもがいた。

「やっぱだめか。目の位置が大人用だからね」

佐々木さんは、私の頭からうさぎを取りのけてくれると、「今度は子供用のを持ってきてあげるよ」と言った。別にうさぎになりたいという変身願望はなかったけれど、ありがとう、と私はお礼を言った。

「婆《ばば》ぁは？」佐々木さんは時々、おばあさんのことをそんなふうに呼ぶ。

「いない」

「どこ行ったのかな」

「目医者さんじゃないかと思う」

「ふうん、目、悪いのか」

「睫毛《まつげ》を抜いてもらうんだって」

おばあさんは歳《とし》をとってから、睫毛が内向きに生えてしまうようになって、定期的に抜かないと眼球に傷がつくのだという。私はおばあさんからきいていたとおり、佐々木さんに説明した。

佐々木さんは、「それって瞼の皮膚がたるむからよ、きっと」と、自分のこめかみに指をあてて、目をキツネのようにつり上げたりしていたが、それ以上はふたりとも喋《しゃべ》ることがなくなってしまった。

一年でいちばん日の短い季節特有の、墨でも流したような暗さが、あたりを覆《おお》いはじめている。

「遅いよねぇ」

佐々木さんが、ひとり言のように呟《つぶや》く。「お芋、買ってあるのに……」

私はにわかに不安になった。目医者に行ったにしては遅すぎたし、おばあさんがこんな時間まで留守にすることは、今まで一度もなかったのだ。もしかしたら……そうだ、こんな遅くまでおばあさんが帰ってこないというのは、もしかしたら……

「佐々木さん、猫《ねこ》って死ぬ時、どっか行っちゃうって言ったよね」

「うん」

「おばあさんを捜さなくちゃ」

「ええ？」

「死ぬって言ってたの、抽出《ひきだ》しがいっぱいになったら」

「抽出し？　なにそれ」

なんて迂闊《うかつ》だったんだろう。私は自分で毎日手紙を運んでいながら、抽出しがいっぱいになる日がこんなに早く来ようとは、まるで考えていなかったのだ。

「どうしたのよ、しっかりしてよ」

佐々木さんの声をききつけたのか、アパートの真ん中の窓がガラガラと開いた。寄席《よせ》のテレビ中継らしい笑い声がふわーっと流れてきて、私は少し現実感を取り戻した。

「どうしましたぁ」

半纏《はんてん》をはおった西岡さんが、窓から身を乗り出す。

「この子、おばあさんが帰ってこないって心配してるの」

おばあさんのことより私に手を焼いている、という佐々木さんの口調に、私は苛々《いらいら》した。

「おばあさん、死んでるかも知れない」

背中から部屋の明かりを浴びているので顔は見えなかったが、私がそう言うと、西岡さんはぎょっとしたようだった。それから外階段を降りる音がして、例の左側だけ長くした髪を、頭の薄くなったところになでつけながら庭にやってくると、

「ち、千秋ちゃん、どして死んでるなんて思うの」

西岡さんは、いつもの早口で私に訊《き》いた。私は手紙のことを言ってしまいたくなったけれど、たくさんおばあさんに手紙を預けているのがなんだか疚《やま》しいので、「帰ってこないから」とだけ、ぽつりと言った。その瞬間、「自分は嘘《うそ》つきになってしまった」という思

いでいっぱいになって、驚いたことに、私の目からぽろぽろっと転げるように涙が落ちた。私の涙の効果は抜群で、西岡さんは泣いている私が申し訳なくなるほどうろたえて、そわそわと足踏みしてしまう。佐々木さんはため息をついて、うさぎの頭を私にかぶせた。

「とにかく、とにかくおばあさんを捜しに行ってみましょう。こ、こ、こういうことは、子供の勘が当たるってよく言うし」

暗くてくさいうさぎの頭のなかで、私は西岡さんの裏返った声に戦慄《せんりつ》した。そうか、当たるのか！

「それに、もしかしたら帰り道がわからなくなっちゃってる、なんてことも……」

「まさか」佐々木さんの声は、あの婆ぁが、と続けたそうな調子だ。

「いや、わかりません。わかりませんよ断じて。突然ぼけるっていうこともあるかも知れない」

「はあ」

「とにかく、ちょ、ちょっとだけでも」

「捜すったって、どこ捜すわけ」

私はうさぎの頭を脱ごうとして、さんざんじたばたした揚げ句、後ろにそっくりかえって尻餅《しりもち》をついた。

「目医者さんに行く」

ようやく、そのやっかいなものを取りのけてくれた佐々木さんに、私は言った。

「じゃ、僕は駅のほうに……」

西岡さんは半纏姿のまま、つくつく歩いていく。

目医者は診察時間が終わっていて、何度ベルを押しても、誰も出てこなかった。私はすっかり暗くなった道を、どこかでおばあさんが倒れていたりはしまいかと、あたりを見回しながら歩いた。

「大丈夫だったら。おばあさん、きっと帰ってるよ」

佐々木さんは煙草《たばこ》を吸いながら、ぶらぶら歩いている。私はふと、鼻をふんふん、と鳴らした。

「なんかいいにおい」

佐々木さんも一瞬立ち止まり、「どっかでカレー作ってるな」と鼻を鳴らした。

そうだ、このきりりと澄みきった冬の始めの夜の空気と、どこかの家のカレーと、煙草の煙。この組み合わせなら知ってるぞ、と私は思った。いつか、こんなことがあったのだ。父とふたりで夜の道を歩いた時、やはりカレーの匂《にお》いがして、父が煙草を吸っていた。その時見た月が、とても大きな、白く輝く満月だったことをきゅうに思い出して、私は空を見上げた。

「月！」私は叫んだ。

「うん、満月だ」佐々木さんが、ゆっくりと白い息を吐きながら答える。

「おばあさん、ほんとに帰ってると思う？」

私がもう一度訊くと、佐々木さんは何も言わずに、私の手をとってぎゅっと握ってくれた。

ポプラ荘に戻ると、門柱のところで母が心配気に立っていた。母は、私が佐々木さんと一緒なので、ちょっと驚いたようだった。

「おかあさん、おばあさんは？　まだ帰ってない？」

「うん。どうかした？」

がっかりしている私のかわりに、佐々木さんが事情を説明してくれた。

「私がちょっといけなかったのね。千秋ちゃんに、猫は死ぬ時いなくなる、なんて教えたから、不安になっちゃったみたいで」

母は少し気づかわしげに私を見たが、すぐに、

「いえ、もう七時過ぎてますし、心配になるのも無理ないわ」

と、しょぼくれている私の背中を軽く叩《たた》いた。

「以前、老人会の温泉旅行に行った時は、私にひとこと断って出かけたんだけどなぁ」

七時を過ぎたときいたせいか、佐々木さんもだんだん落ちつかなくなってきて、川沿いの通りのほうを見たりしている。

「おばあさん、ご親戚《しんせき》とかは」母が訊いた。

さあ、と言うように、佐々木さんは首を傾《かし》げた。「子供はいないみたい。おばあさん、後妻さんだって一度きいたことあるけど」

そのまま三人で、どうしたものかと門柱のあたりで白い息ばかり吐いていると、西岡さんが帰ってきた。

「だめ、だめです」

西岡さんはものすごい大任を果してきたみたいに、大袈裟《おおげさ》に手を振った。

「改札のところにしばらくいたんだけど、それじゃ埒《らち》があかないと思ったから、駅員に訊いて、商店街を回って、交番に寄って……」

それから西岡さんは、母に気づいて「あ、どうも」と、精一杯低い声をだして頭を下げた。

「交番で、どうしたのよ」

佐々木さんにせっつかれて、西岡さんの眉毛《まゆげ》がぴくぴくぴく、とケイレンした。いつもよりいっそう早口になって、

「い、い、いえ、ただ訊いただけです」

「それで」

「それでって、だってまさか捜索願いってわけにもいかないし……あ、でもそういうおばあさんが保護されてるってことはきいてないって」

その時、川沿いの道から、黒い人影がゆらりとやってきた。

「おばあさん？」

月の光の加減で、おばあさんの姿がぼうっと浮き上がる。

「おや、皆さんお揃《そろ》いで」

おばあさんの声が、こちらに届く。けれど私はなんだか戸惑って、動けなくなってしまった。

おばあさんは、和装の喪服姿だった。普段は着物を着ないおばあさんだから、それはめずらしいことだったけれど、私が注目していたのはそんなことではなく、おばあさんの顔だった。以前、おばあさんに初めて会った時、おばあさんが悪者のポパイのような顔になってしまったのは何かへんな薬を飲んだからにちがいないと思ったが、今度こそおばあさんは怪しげな薬を飲んだのだ、と私は確信した。

ちんくしゃのはずのおばあさんの顔は、ずいぶんと長くなっているのである。よく見ると、長くなっているのは顔の下半分で、頰《ほお》が膨らみしわも伸びて、若くなった感じがしないでもない。（そうか、おばあさんは若返りの薬を飲んだのだ……）けれど、いかにも悪知恵のまわりそうな、いつもの生き生きとした感じはなかった。声さえいくぶん違って、なんだかくぐもってきこえるのだ。

「ああ、疲れた。お通夜《つや》なんか行くもんじゃないね。ほら、ちょっとこれ……」

おばあさんは、黒いハンドバッグを開けて鍵《かぎ》を出すと、私のほうに差し出す。私は恐る恐る近づき、鍵を手にする。その間、私の目は、おばあさんの顔に釘付《くぎづ》けだった。

「何をぼうっとしてるんだい。開けておくれよ」

おばあさんがそう言い、次の瞬間、私は叫んだ。

「おばあさん……歯がはえた！」

おばあさんは、いささかむっとした様子で黙り込んだ。それからおもむろに、

「そりゃ歯ぐらい入れるさ、よそゆきだもの」

と言って、口をぎゅっと閉じた。そのかわり、鼻の穴は全開になっている。

私がただただ一心に、おばあさんの見事な歯並びをもっとよく見たいという思いに駆られて、まばたきさえ忘れていたその時、ひーっというへんな音がした。

佐々木さんは両手を目にあてて、苦しそうにうめいている。横にいる母も、下を向いて肩を震わせている。ふたりとも泣いているのかと思ったら、笑っているらしい。私には何

がそんなに可笑《おか》しいのかよくわからなかったから西岡さんのほうを見ると、西岡さんは小さな目をきょろきょろさせて、眉毛を盛大に動かしていた。おばあさんは家のなかに入ると、ぴしゃり、と音を立てて戸を閉めた。

夕食のあと、私は大人たちと一緒におばあさんを訪ね、謝らされた。私にはおばあさんがなぜそんなに気を悪くしているのか、少しもわからなかったというのに。わかっていたのは「なんだあれは入れ歯だったのか」ということだけで、とにかく私はおばあさんの無事にものすごくほっとして、でもやっぱりおばあさんは入れ歯なんかしない顔のほうがいい、などと考え、それからなんだか損をしたみたいな気がして悔しくなり、あとはもうぐったり疲れて、その夜はめずらしく夢も見ずに眠った。

6

おとうさん、おげんきですか。

きのう、おばあさんをさがしに、目いしゃさんにいきました。かえるとき、わたしはおとうさんのことをおもいだしました。まえに、わたしとゆうた君とゆうた君のおかあさんが、どうぶつえんにいったとき、おとうさんが、えきまでむかえにきてくれました。おとうさんは、わたしと手をつないで、たばこをすいながら、月にいるうさぎの話をしてくれました。おなかのすいた人がいて、どうぶつたちが、みんなでたべものをもってきます。でもうさぎは、よわくて、なにももってこれませんでした。うさぎは、じぶんをたべてもらうために、たき火のなかに、とびこみました。「しんだうさぎは、月にのぼったんだよ」と、おとうさんはいいました。

おとうさんが、うさぎの話をしてくれたあと、ふとんのなかで、わたしはうさぎのことをかんがえました。そして、ちょっとなきました。わたしは、かなしい話はあまりすきじゃないです。ゆうべ、おとうさんは、うさぎといっしょに月にいるのかもしれない、とかんがえたら、もっとたくさんなみだがでてきました。月の上で、うさぎとふたりぼっちだと、さびしいです。

おとうさん、おばあさんのひきだしがはやくいっぱいになると、おばあさんはしんでしまいます。だから、これからは、まいにちてがみはかかないことにします。そのかわり、かくときは、ちいさい字でかきます。えんぴつを、よくとがらせて、たくさんかきます。

それではさようなら。

おばあさんがお通夜に行った日、おばあさんが死んだのではないかと肝を冷やしたにもかかわらず、私はあいかわらず、父に手紙を書いた。皮肉なことに、以前よりも熱をこめて。おばあさんがいつ死ぬかも知れないと思うと、ただの遊びから、いつの間にか習慣として馴染《なじ》んでいた父への手紙は、また別の、もっと切迫した何かに変わったようだった。

私は手紙のなかで、父に語りかけることをようやく始めたのだ。

私は父のことを思い出すのが辛《つら》くないほど、立ち直っていたのだろうか。というよりは、自分でもわからないことを何とか解きほぐそうとしていたように思える。私は大人になった今でも、何かボタンの掛け違いのようなことが起こると、どんなささいなことであれ、最初まで遡《さかのぼ》っていかなければ気の済まないしつこさを持っていて、それが時には傷口を開いてしまうようなことになったりもするのだが。その後、再婚してなんとか新しい現実をものにしようとしていた母と、どんどん気持ちが離れていってしまったのは、そんな私の性分のせいかも知れない。

それはともかく、ある日の手紙には、こんなことを書いた。


おとうさん、おげんきですか。わたしの足のつめは、おとうさんの足のつめと、とてもにています。どうしてわかるかというと、まえにおとうさんが、そういったからです。わたしも、おとうさんの足のつめを見て、「ほんとうにそっくりだ」とおもいました。

きょう、おふろのあと、おかあさんが足のつめをきってくれました。わたしは、じぶんの足のつめを見ていたら、ふしぎな気がしました。わたしの足のつめは、あるのに、おとうさんの足のつめは、ありません。おとうさんの足のつめは、ないのに、わたしの足のつめは、まえとおなじかっこうです。まえは、おとうさんと、おかあさんと、わたしがいました。いまは、おとうさんだけいなくて、おかあさんとわたしがいるのは、どうしてだろうとおもいます。でも、ずっとかんがえていると、あたまの中が、ぐるぐるになります。

おかあさんは、つめをきってくれるとき、おでこにしわをよせて、すごくまじめなかおをしていました。わたしは、「おとうさんがわたしの足のつめをきってくれたとき、どんなかおをしていたかな」と、おもいました。でも、よくわかりませんでした。きっと、おとうさんは、ずっと下をむいていたからです。わたしは、足のつめをきるのは、おとうさんのほうがよかったです。どうしてかというと、おとうさんは、すごくゆっくりきるので、くすぐったくなったからです。それではさようなら。

十二月も後半になって、冬休みがやってきた。終業式の日、私はよく晴れた冬の陽射《ひざ》しのなかを、学校から走って帰った。

階段を駆け上がると、隣の西岡さんの洗濯機《せんたくき》の前に、見慣れない男の子が立っている。眼鏡をかけたエノキダケみたいな男の子だ。私より年上らしいその子は、西岡さんの洗濯機に、山のような洗濯物を突っ込んでいるところだった。

私が咄嗟《とっさ》に考えたのは、あの「洗濯機事件」のことだ。まさかとは思ったけれど、私がドアの鍵を開けるのをためらって、じっと見つめていると、

「こんにちは」

と、その子が言った。かすれていて、でも明るい声だった。

私は返事もせずに、あわててドアを開けると部屋のなかに入った。母の作っておいてくれたおむすびを持って、ドアの隙間《すきま》から様子を窺《うかが》う。その子はけっこう慣れた手つきで、洗剤を洗濯機に振り入れていた。私は外に出ると、その子と目が合わないようにして鍵をかけ、階段を駆け降りた。

「おばあさん、へんな子がいるよ」

おばあさんは、眼鏡さえかければ新聞の細かい字もまったく苦にならなくて、それどこ

ろか新聞を隅々《すみずみ》まで読むのが毎日の楽しみだった。その日も炬燵《こたつ》に入って新聞を広げていたのだが、私が声をかけると、

「へんな子？」

と、おでこにしわを盛大に寄せ、ずり落ちた眼鏡の上から目をぎょろり、とのぞかせた。

「眼鏡かけた子。西岡さんの洗濯機で洗濯してた」

おばあさんは、ああ、と新聞を畳みながら、

「それは西岡さんとこの子だよ」と言う。

「西岡さん、子供いるの？」

「いるさ」

「だって」

「いつもはおかあさんといるんだよ」

おばあさんは膝立《ひざだ》ちになり、炬燵板の上で新聞を、とんとんとん、としつこく音をたてて揃えている。それ以上質問する雰囲気《ふんいき》ではないので、私は黙った。

お昼を食べ終えて、物干しのところで猫《ねこ》にゆうべのおかずの鯵《あじ》の干物《ひもの》の残りをやってい

ると、外階段を降りてくる軽い足音がする。庭を通っておばあさんの玄関にまわってみると、やはりあの男の子だった。

「おばあさん、いる?」

私が頷《うなず》くと、男の子は庭のほうについてきた。そして掃き出し窓からおばあさんに、

「これ、召し上がってください」

などと大人のような口をきいて、「びわゼリー」と印刷された箱を差し出した。

「これは御馳走《ごちそう》さま」

おばあさんは真面目《まじめ》くさって、年寄りぽいお辞儀をする。

「あのね、この子、お隣の千秋ちゃん。一年生」

それからおばあさんは私のほうを向いて、男の子の名はオサムくんといって、四年生であると簡潔に告げた。四年生にしては、小さい。

「休みの間、こっちにいるから、仲良くしてもらうんだよ」

うん、と返事するかわりにオサムくんのほうを見ると、オサムくんは大きめな前歯を隠すようにして、笑いたいのをがまんしている時みたいに、口もとをむずむずさせている。

カレーの材料を買いに行く、というオサムくんに、私もついていくことにした。川沿いの歩道を、私たちはかわりばんこに石を蹴《け》りながら歩いた。オサムくんの細い体つきや、ちょっと背を曲げて、頭をひょこひょこと揺らすような歩き方は、西岡さんとよく似ていた。

「ぼく、カレー作るのうまいんだよ」

「え、カレー自分で作れるの」

「作れるよ。クリームシチューとか玉子焼きとか」

すごいなあ、と感心したけれど、四年生っていうのはそんなものかな、とも思った。

「作り方、おかあさんに教えてもらったの？」

「うん、でもたいていは本とかテレビとか。うちのおかあさん、塾《じゅく》の先生してて忙しいんだ」

「うちのおかあさんはね、結婚式場で働いてる。毎日、お嫁さん見てるんだよ、たくさん」

「へえ」

「お嫁さんて好き？」

オサムくんはちょっと考えてから、「あんまり」と答えた。

「どうして」

「なんかこわい。すごいかっこしてるから」

商店街のスーパーで、オサムくんは慣れた様子で買い物をし、また川沿いの道をふたりで歩いて帰った。アパートに着くまで、私は日頃《ひごろ》の人見知りを返上して、おばあさんのことや、佐々木さんの猫餌《えさ》投《な》げのことなんかを話したのをよく憶《おぼ》えている。オサムくんは私の話をききながら、くすくす笑ったり、私が言葉に詰まったりすると巧《うま》い具合に質問を挟《はさ》んでくれたりして、小学校四年にして無類の聞き上手だったのだ。

「カレーができたら、食べにこない？」

アパートの通路のところで、オサムくんは私を誘ってくれた。私は「うん、行く！」と言いたかったけれど、やめにした。前もって言っておかなくては、母に悪いと思ったのだ。

「じゃあ、夜、教会に行こうよ」

「教会？」

「クリスマスのミサ」

その日がクリスマス・イヴだということを知らなかったわけではない。でも私は、街でサンタクロースの恰好《かっこう》をした人が大売出しのチラシを配っていたりすると、慌《あわ》てて道路の反対側に渡ってしまわずにはいられなかった。サンタクロースが実は父親なのだということを、もう私は知っていたから。

そんなわけで、今年からはクリスマスを祝うこともないのだとばかり思っていたのだが、その日、母はイチゴののったクリスマスケーキを買ってきてくれた。私はケーキを二切れお皿にのせ、隣のドアを叩《たた》いた。部屋のなかでは、オサムくんと西岡さんが、小さな折り畳み式のテーブルを前に向かい合って、カレーを食べていた。

西岡さんは、ありがとう、とケーキを受け取って、

「千秋ちゃん、おかあさんなんて言ってた？　教会、行ってもいいって？」

と、私に訊《き》いた。

「おかあさんも行っていいですかって」

「もちろんいいよ、行こう行こう」

オサムくんがこっちを見て、カレーのスプーンを握ったまま、にこっとした。カレーがうまくできたのだな、と私は思った。

「じゃ、千秋ちゃんは、少し眠っておいたほうがいいよ。遅くなるから」

西岡さんにはそう言われたけれども、夜中に出かけるというだけで私はすっかり興奮してしまい、いちおう横になったものの、眠るどころではなかった。

「おかあさん、さっきね、西岡さんとオサムくん、カレー食べてた」

「あらそう」

「キャンプみたいだったよ」

「キャンプ？」

「あのね、ふたりでしずーかに食べてた、カレーだけ」

「千秋」

「うん」

「人んちのお食事してるとこ、じろじろ見たりしちゃだめよ」

「うん、わかった。あのね、ほんとにキャンプみたいだった」

「はいはい」

私はその時、オサムくんと西岡さんの食事風景がとても感じがよかった、ということを言いたくて、でも「キャンプみたい」と言うよりほかに、もっといい表現があるとはとても思えなかったのだ。私にとってキャンプはまだ、時折テレビ映画のなかで見るだけのものだったけれども。暗闇《くらやみ》のなかで燃えるささやかな火、質素であたたかな食事をとる寡黙《かもく》な人たち、夜の鳥の声、満天の星空……。そういえば、いつも西岡さんが流している落語のカセットは、めずらしくきこえなかった。

夜遅く、私たちはポプラ荘を出た。夜空は澄み渡り、星は生き物の目みたいに、高いところでぴかぴか光っていた。母は私に厚手のセーターを着せ、コートとマフラーでぐるぐる巻きにし、毛糸の帽子までかぶせたから、私は今にもはちきれそうなぬいぐるみのようだったにちがいない。

「西岡さん、信者でいらっしゃるんですか」

母が訊くと西岡さんは、いやぼくは違うんです、と慌てたように言ってから、

「こいつは洗礼受けてるんです。こいつの母親がそうだもんですから」

と、オサムくんの頭に平たい掌《てのひら》をのせた。

「ぼくにもね、信者になれ、なれってね。結婚する前。でもならないでよかった」

「どうして」

西岡さんは、母が無邪気そうに「どうして」などと言ったのが意外らしかった。

「だって、ほら、あれじゃないですか。カトリックは駄目《だめ》なんですよ、り……離婚が」

「ああー」

「人に信者になれなんて言ってて、自分がさっさと出ていっちゃうんですから」

西岡さんはひとり言のように言って、声を出さずに笑ったが、「いや、こ、こんなこと、とっくの昔の話です」と言った時は、いつもの早口に戻っていた。

教会は、川沿いの道をまっすぐ行き、消防署のところで商店街とは反対の、かなり急な坂を登ったそのてっぺんにあった。坂の上から後ろを振り返ると、駅の周辺にかたまったネオンが、黒々とした大きな川に映っているのがよく見える。その川に架かった橋の上を、背広姿の人たちをぎっしりと乗せて、ひどく細々とした様子で電車が走っていた。ぼんやりと電車を見つめている母の手を、私は引っ張った。

そのあたりは、私たちの住んでいるところより数段高級な住宅地で、いかめしい門構えの家々は暗く静まり返っていた。樫《かし》の木が一本、覆《おお》いかぶさるように枝をのばしている教会の庭は、いっそう暗がりばかりのようだったけれども、厚い木の扉《とびら》を開くと、なかから光と音楽が溢《あふ》れだしたので、母も私も同時に息をのんだ。

教会のなかは暖かく、皆、立って歌をうたっている。オサムくんは、白い石でできた洗面器みたいなものに指先をつけると、十字を描いた。そして「やってごらんよ」と言うように、私を見る。指先に、ひやっと水が触れた。オサムくんが手をとって、十字を切らせてくれた。

歌と、オルガンと、神父様の唱える奇妙に心地よい節のついた言葉。教会は天井が高くて、まるで響きをぎゅっと詰め込んだケーキの箱のようだった。しばらくの間、私はまるで惚《ほう》けたように、ほかの皆にあわせて立ったり、跪《ひざまず》いたり、腰掛けたりを繰り返していたが、いつの間にか、目は正面の十字架に釘付《くぎづ》けになっていた。

「あれ、誰？」

私はオサムくんに、ひそひそと訊《たず》ねた。

「イエス・キリスト」

オサムくんの息は、ハミガキの匂《にお》いがする。

「どうして裸なの？」

オサムくんは、首をかしげただけだった。

「あの人、死んでるの?」

「うん、まあ」

「どうして」

「人間を助けるために」

その時、またオルガンが鳴り響き、歌がはじまった。オサムくんはとても生真面目《きまじめ》な顔をして、喋《しゃべ》る時と同じ、高くて少しかすれた声で歌っている。西岡さんは黒い革表紙の歌の本を見つめて、小さく口を動かしている。母の顔を見ると、なんだか酔ったような、うるんだ目をしていた。

私はイエス・キリストとかいう人の、痩《や》せこけた身体《からだ》と、いかにも苦しげな顔に同情した。こんな裸の姿を皆に見られているのは、あまりいい気分でないにちがいない。それからふいに、父の話してくれたうさぎのことを思い出していた。うさぎは、おなかをすかせた人のふりをした神様のために死んだけれど、このキリストという人は、人間のために死んだのだとオサムくんは言う。誰かが死ぬのは、必ず誰かの、何かのためなんだろうか……父は何のために死んだのだろう。おなかをすかせた人のために？　人間のために？　母のために？　それとも私のために？

やがて、神父様のお話が始まると、私は急速に眠くなった。母に揺り起こされた時、教会のなかにはもう、ほとんど誰もいなかった。オルガンを弾いていた女の人が、楽譜を片づけている。音のたくさん詰まった、きらきら眩《まぶ》しいケーキの箱だったはずの教会は、どこかの普通の集会場みたいだった。

外の空気は目にしみるほど冷えきっている。開け放った扉のところで、私はもう一度、十字架のキリストを振り返った。

「私をここにおいて、帰ってしまうのかい」

その人が言った。

「また来るね」

小さく呟《つぶや》いて、私は外に出た。

西岡さんは夕方から仕事に出る日が多かったので、オサムくんは午後に買い物に行き、早めの夕食を作る。私は買い物の荷物をちょっと持ったり、野菜を洗うのを手伝ったり、毎日のようにオサムくんについてまわった。オサムくんがアパートの小さな台所で、エプロンを身につけ、右手におたまを持ち、左手で戸棚《とだな》からお醬油《しょうゆ》の瓶《びん》を取り出したりしている姿は、まったく西岡さんの奥さんみたいだった。たとえば、今まで寝ていた寝床の毛布のかたちが、絶対にワニにしか見えないなどというのと同じで、いくら目をごしごしこすってても、台所でてきぱきと働くオサムくんは「隣のおばさん」そのものなのだ。そして、そういう台所のおばさんと一緒にいるのは、楽しく、心安らぐことだった。

それは、母の台所姿に、私が決して安らぎを覚えることができなかったのと無関係ではあるまいと思う。こんなことを言うのは、毎日私のために食事を作ってくれていた母に対して不当だとはわかっているけれども、たぶん私は息苦しかったのだ。母が働きすぎて、疲れすぎて、いつか父のように私を置いていなくなってしまうのではないか、と不安がってばかりいることが。私は洗濯機《せんたくき》の使い方をおぼえたり、洗濯物を畳んだり、毎日の牛乳を買う役目を申し出たり、一年生なりにがんばっていたつもりなのだが、どんなにがんばっても、台所で流しに向かっている母の背中を見る度に、ひとりで取り残されてしまう不安を感じるのだった。あの頃の母とのことを思い出すと、不安に閉じ込められていた、という言い方がいちばんぴったりくるような気がする。

けれどもオサムくんだって、ただ楽しくて、ああやって台所に立っていたわけではなかったのだ。

ある日、買い物からの帰り道、私はオサムくんに「ずっとこっちにいれば」と言った。

「うん、そうしようかな」

まさかこんなに簡単に、うれしい答えが返ってくるとは思ってもいなかったので、私は有頂天になった。

「そうしなよ、そうしなよ」

「おとうさんより、ぼくのほうが料理できるし」

「うんうん」

「おかあさんは、赤ちゃん生まれたらたいへんだしね」

「赤ちゃん、生まれるの？」

「うん。お正月の三日が予定日だって」

「ふうん」

「おかあさん、ちょっと体が弱いから、もう入院してる」

それでこっちに来たのか、と私は納得した。

「お正月、お見舞いに行けば」

「遠いよ」

「オサムくんのおかあさん、ひとりでかわいそうじゃない」

「おとうさんがいるから」

「え」

「新しいおとうさん。こっちのじゃないよ」

私は、あー、と間の抜けた声を出した。それからしばらくの間、頭のなかを整理しながら黙って歩いた。

「新しいおとうさん、意地悪とかする？」

しないよ、とオサムくんは、あっさり首を振った。私は漫画やおとぎ話にでてくる意地悪な継母《ままはは》を思い浮かべていたので、なんだか自分のことのように安心したけれど、まだちょっと、何かおさまりの悪い感じだった。

「ぼくね、あのアパート好きだよ」

オサムくんは眼鏡の奥の、切れ長の目を少し見開くようにして、きゅうにそんなことを言いだす。

「あのおばあさん、ぼくのおばあさんに似てる。ぼく、小さい時、おばあさんのところにいたことがあったんだ。もうずっと会ってないけど」

「へえ」

オサムくんのおばあさんが、あんな意地悪くさい顔をしてるなんて、にわかには信じ難い。

「ぼくのこと、オサムさんって呼ぶからかな。『オサムさん、桃が冷えてますよ』なんてね。やさしかったよ」

オサムくんは、自分の爪先《つまさき》の三メートルくらい先の地面をじっと見つめたまま、大きめの前歯を人さし指でこつんこつんと弾《はじ》いている。

「ねえ、オサムくん。知ってる人で、死んじゃった人いる？」

「いない。どうして？」

「ううん、なんでもない」

私は手紙のこと、おばあさんの抽出《ひきだ》しのことをオサムくんに無性に話したくなっていたのだ。でもまだ、オサムくんの周囲に死んだ人がいないなら、おばあさんと私の秘密はそのままにしておくほうがいいらしい。私はがっかりしたような、ほっとしたような気持ちになって、少しきつくなりはじめていた運動靴《うんどうぐつ》の爪先を、ぽんと蹴《け》り上げた。


おとうさん、おげんきですか。きょう、オサムくんが「カラスウリをとってあげる」と、いいました。オサムくんは、ポプラの木にのぼろうとしました。でも、ひくいところに、えだがないので、のぼれなくてこまっていたら、おばあさんが「なにをしてるんだい」といいました。「カラスウリがとりたいんだけど、木にのぼれない」と、オサムくんがいったら、おばあさんは、ものおきから、うえきばさみをだしてくれました。すごく長いとってのついた、とてもおもたいはさみです。「うちの先生が生きていたとき、うえきやさんから、かったんだよ」と、おばあさんはいいました。オサムくんは、さかさまにした、つけものおけに、のっかりました。それから、「えいっ」といって、はさみをもちあげました。はさみは、いちばん下のカラスウリに、ぎりぎりでとどきました。オサムくんのうでが、ぶるぶるふるえていました。やっと切れて、おちてきたカラスウリを、わたしがうけとりました。「ナイスキャッチ」と、オサムくんは大きなこえでいいました。とてもうれしかったです。でもそのあと、オサムくんははさみがおもくて、ひっくりかえってしまいました。

カラスウリは、つるつるしていました。トマトみたいにやわらかいとおもっていたのに、ちがいました。「たべれる?」ときいたら、おばあさんは「さあ、たべてみれば?」といいました。わたしがたべようとしたら、オサムくんが「やめたほうがいいよ、ちあきちゃん」といったので、やめました。おばあさんが、「ほんとにたべるつもりだったのかね、この子は」といったので、あたまにきました。

わたしは「カラスウリはきれいだから、教会にもっていって、じゅうじかの人にあげてこよう」といいました。オサムくんは、「うん、いいね」といいました。だれもいない教会にはいるのは、ちょっとこわかったです。オサムくんは、「にんげんはしんだら、神さまの国にいく。ちあきちゃんもいく。ぼくもいく」といいました。神さまはひつじかいで、にんげんはひつじだそうです。わたしは、おとうさんがひつじになってるところをそうぞうしました。でも、ぜんぜんしんじられません。うさぎといっしょに、月でしょんぼりしているのもいやだけれど、ひつじもいやです。ひつじになってしまったら、どれがおとうさんだか、わからないとおもいます。

イエスさまは、ひとりで、はだかで、つまらなそうでした。わたしは、じゅうじかの下に、カラスウリをおきました。それから、はしって外にでました。外にでてから、イエスさまは、おとうさんと、ちょっとにているとおもいました。家のぶつだんのしゃしんより、おとうさんににているかんじがします。でもそんなの、「へんだなあ」とおもいます。

「こんどは、お花をもってこよう」と、オサムくんがいいました。またくるのは、いいかんがえだとおもいました。でも、わたしだったら、お花よりカラスウリのほうがいいです。もしもおとうさんにきいたら、おとうさんも、カラスウリのほうがすきだというとおもいます。それではさようなら。

7

街は年末の慌《あわ》ただしさのなかで音楽をまき散らし、人や自動車が浮足立って行き来していたそれからの何日間か、おばあさんとオサムくんと私は、周囲の騒がしさに完全に取り残されたように、独自の毎日を過ごした。

オサムくんと私は教会に出かけては、きれいな色の葉っぱや、松ぼっくり、オサムくんの描いた飛行機の絵、私の母が以前着ていたスーツの飴玉《あめだま》のようなボタン、その他いろいろの捧《ささ》げ物を十字架の足もとに置いてくることに熱中していた。木彫のキリストは、時によっては苦しんでいるというより、何かちょっとした間違い——財布を落としたとか犬のうんこを踏んでしまったとか——をしでかしてしまった人のようにも見える。見るたびに表情の違う不思議さにひかれて、日に二度も三度も、私はオサムくんを誘っては、教会へ続く長い坂道を登った。オサムくんはいつだって、私が「行こうよ」と言えば「うん、行こう」と答えてくれたから、私はそれがうれしくて、ますますこの遊びに熱を入れたのかも知れない。

おばあさんは正月の準備にあたふたするということもなく、毎日何をしているかと言えば、猫《ねこ》の糞《ふん》取《と》りに明け暮れていた。猫は普通、どこか隅《すみ》っこのほうに糞をして、きちんと土をかけておくものだが、お尻《しり》の始末の悪いのが来るようになったらしく、庭の真ん中に、剝《む》き出しに、ころがしてあったりする。片付け好きなおばあさんには、それをそのままにしておくのは我慢がならないらしい。軍手をはめ、紙袋とシャベルを持っては、目を光らせ、鼻の穴をふくらませて、庭をうろついていた。出かけようとするオサムくんと私を呼び止め、「ほら」と、紙袋の中身を覗《のぞ》かせる。私たちがあまりの臭さに顔をしかめると、

「ああ、やっぱりねぇ」

と、妙な具合に感心した。オサムくんと私が顔を見合わせていると、おばあさんは白髪頭を紙袋に突っ込むようにして、「うん、におう。まだ大丈夫だ」と、ひとりで頷《うなず》いていた。おばあさんの鼻は、ほとんどきかなくなっていたのだ。

その年は喪中だったから、年賀状は書かなかったが、母と私は大晦日《おおみそか》の夜と元日を、母のいちばん上の兄である伯父の家で過ごした。伯父の家には、伯母と、ふたりの従姉《いとこ》と、少し前から祖母が一緒に住んでいた。

母はこの伯父の家を、滅多に訪ねなかった。伯父と仲が悪かったということではないけれど、なんというか、あまりうまが合わなかったらしい。とはいえ、正月くらい祖母に会いに来るべきだという伯父の強硬な意見もあり、電車を乗り継いで三時間という距離は日帰りには遠いから、一泊することになったのだった。伯父の指摘するとおり、祖母と会うのは久しぶりだった。肝臓の具合を少し悪くして入院していたので、祖母は父のお葬式にも来ることができなかったのだ。

紅白歌合戦を見ながら、母と伯父はビールをちびちびと飲み、気の抜けたような会話をしている。中学生の従姉ふたりはテレビの前で、歌手の振りを真似《まね》て歌ったり踊ったりの大騒ぎを繰り広げ、私は炬燵《こたつ》のなかでうつらうつらしながら、オサムくんはどうしているかな、などと考えていた。

伯母は、祖母がまるで赤ん坊であるかのように世話していた。

「はぁーい、おばあちゃん、メロンたべましょうねぇ」

伯母は祖母に、とびきりの甘い声をだす。お箸《はし》だってちゃんと持てる祖母なのに、メロンは一口大に切ってある。手厚く世話をされ、色白の肌《はだ》によく似合うふわふわしたモヘアのセーターを着てぼんやりとした笑顔を浮かべている祖母は、小柄《こがら》で、たしかにかわいらしかった。伯母が甘い声を出せば出すほど、祖母は赤ん坊らしくなっていくようでもあった。私は祖母のそんな様子を見ながら、何故《なぜ》かポプラ荘のおばあさんが、前掛けだけはぱりっとしているものの、いささか不精たらしい態度で台所に立ち、まずい味噌汁《みそしる》を何度も煮返してはすすっている姿を思い出していた。

「おかあさん」

布団《ふとん》に入ってから、私は母に呼びかけた。寝付きの悪いのはいつものことだが、何といっても布団カバーの糊《のり》がききすぎていた。

「あした、何時ごろ帰る?」

母は寝返りをうってこちらを向いてくれた。

「帰りたいの?」

「そうじゃないけど」

「そうじゃないけど、帰りたいんでしょ」

「うん」

「あたしも」

「ほんと？」

母は頷いた。母とこんなふうに話すのは久しぶりのような気がして、なんだかうれしかった。

「おばあちゃん、ずいぶん歳《とし》とっちゃったわねぇ」

母は、ひとりごとのように言った。それから、皆が遠くに行ってしまう、そんなことを呟《つぶや》いてこちらに背中を向けると、しくしくと泣きだしてしまった。

私は自分の布団から出て、母の背中にぴったり張りつくように横になった。私が幼稚園に入った頃《ころ》から、母は滅多なことでは一緒に寝ることを許してくれなかったけれど、その日は別だった。母のからだの温かみが、ゆっくりと伝わってきて、するとぎゅっと閉じた目の奥に、不意に、ありありと、父の顔が見えた。父は目を閉じて、何か考え事をしているようだった。そうだ、父はよくそうやって目を閉じて、煙草《たばこ》を吸いながら、時には音楽をききながら、じっと物思いにふけっていることがあったのだ。私は父が何を考えているのか、知りたかった。でも父は、私が近づくといつもぱっと目を開けて私を抱き上げてくれたから、私はそれがとてもうれしかったけれど、父がひとりで考えていることのなかに入っていくことは、決してできないのだった……

「ごめんね」

母が、泣いていた目もとを子供のようにこすりながら、こちらを向く。「びっくりした？」

ううん、と私は首を振った。「おかあさん、あたしね」

「うん」

「手紙書いてる。おとうさんに」

母は一瞬間をおいて、「そう。おとうさんに手紙書いてるの」

「届けてもらえるんだよ、ほんとに」

誰に、と訊《き》かれたら、ほんとうのことをぜんぶしゃべってしまいそうだ。でも、母はしばらく何も言わず、自分の手のなかの私の指先を見つめていた。

「どんなこと、書いてるの?」

「うーん」

「秘密?」

「秘密も書く。あとオサムくんのこととか」

母は、少し笑った。

「おかあさん、おとうさんて、怒ったことなかったね」

「そうね」

でも母のその声は、なんだかぼんやりとしていた。

「手紙書いてると、へんな感じだよ」

「へんって」

「おとうさんは死んじゃったんだなぁって思う。ほんとに死んじゃったんだって。だけど、こわい感じはしなくなったよ」

「前は、こわかった?」

「うん」

それから、ふたりともしばらくの間黙り込んでしまった。

「おかあさんも、書く？」

「いつかね」

「書いたら、あたしに言ってね。届けてもらうように、たのんであげるから」

私は素早く目を閉じた。もう自分の布団に戻りなさい、と言われる前に寝ついてしまうために。でも、母にそんなことを言うつもりはないようだった。母は、私の短く切ったばかりのおかっぱ頭に鼻先を押し当てるようにして、長いことじっとしていた。寝たふりをしているうちに、私はほんとうに眠ってしまったらしい。


元日。母と私で祖母の散歩につきあうことになった。祖母は毎日、朝食のあとに散歩するのが日課になっていて、正月だろうとその習慣をまげようとはしなかったのだが、いつも付き添う伯母は、朝から飲んだ少しのお酒がきいてしまってすっかりぐったりしていたし、伯父は伯母に向かって「早く散歩してこいよ」と犬の世話のようなことを言うばかりだし、従姉たちはそれぞれ友達と初詣《はつもうで》にでかけてしまったのだ。

祖母のゆっくりした足どりにあわせて、私たちは近所の公園に向かった。街は正月らしい静けさに包まれ、よく晴れているぶん空気はぴんと張り詰めている。祖母は何も喋《しゃべ》らなかった。母が、「おかあさん、寒い？」「いつもの道、こっちかしら？」などと訊いても、首を振るか、頷くかするだけだ。私は祖母が、母と私のことをわからないのではないかと訝《いぶか》った。祖母は昨日からまだ一度も、母と私の名を呼んでいなかったのだ。

公園で、陽《ひ》だまりのベンチに私たちは座った。目の前の砂場で猫が砂を掘り返し、糞をしている。

「ほら、おかあさん。猫がいるわよ、猫」

母が祖母に指さした。母は伯母の影響を受けて、いくぶん小さな子供に話しかけるような口調になっていたのだが、次の瞬間、母も私もぎょっとなってしまった。

「あのね、それ、やめてちょうだい」

祖母はそう言うと、もううんざりだとばかりに、鼻から息をふーっと吐き出したのだ。

「それって？」

母は、目をぱちぱちさせた。

「あんたの猫撫《ねこな》で声きいてると、せっかくの寿命が縮んじゃう」

母も私も、口が開いてしまった。さっきまでのかわいらしいおばあちゃんは、一体どこへ行ってしまったのだ？

「いくつになったの」

ぽかんとしている母に、祖母はもう一度、「おまえ。いくつになったの」と訊いた。

「三十七」

祖母は母の答えに頷くと、膝《ひざ》の上にのせていたナイロン製の袋をまさぐり、ぶ厚い封筒を取り出して、母に渡した。

なあに、と中身を覗いた母は、「お金じゃない」と声をあげた。

「あたしが死んでからじゃ、あんたの手には、たいしたものは行かないだろうと思って」

「でも、兄さんたちは」

「それはあたしが考えることだから、いいの」

祖母の声は、ますますくっきりとしてくる。

「お金、いるでしょ？　いらない？」

「そりゃあ、いるけど……ありがとう、助かります」

封筒にはお金のほかに、金のカマボコ型の指輪も入っていた。

「それを買ったのは、あんたが生まれるより前だから。もう四十年以上ね」

母が嵌《は》めてみると、中指にぴったりだった。

「おかあさんがあたしを生んだの、四十二の時でしょ。すごいなぁ」

指輪を嵌めた手をしげしげと眺《なが》めてそう言った母に、祖母は答えなかった。そのかわり、じっと、ほとんど点検するような注意深さで母を見つめている。

「あのね、あんたくらいの年頃になると、もうすっかり歳がいったような気にならない？」

母は小さく笑って「そうねぇ」と、曖昧《あいまい》に返事する。

「ま、今とは時代が違うけど、あたしはそうだったの。なんだか落ち込んでしまって。おとうさんは会社がうまくいってたから、肩で風切ってるばかりだったたし。あの頃ね、あんたはまだ生まれてなかったけど、いたの、女が」

「女って……おとうさんに？」

「そう」

「まさか。おとうさん、テレビだって恋愛ものだと切っちゃってたじゃない」

「でもいたのよ。それもあって、あたしなんか、もう人生終わりだって思ってた。なんとか自分を元気づけようって、初めてあの人に内緒で買い物したの。気持ちよかった。それが、その指輪」

母は指輪に見入っている。私は話の内容はよくわからなかったものの、祖母の顔に目を奪われていた。目も口も鼻の穴も、家にいる時の二倍はありそうなくらい膨らんで見える。

「それからね、少しずつだけどいろんなことがよくなって、あんたも生まれたの。だからそれは、げんのいい指輪ってとこね」

祖母は母にそう言うと、じっと大人の会話に耳を澄ましていた私に、きれいでしょ、と目配せした。

「あんたが大人になったら、おかあさんから貰《もら》うのよ」

母は指輪を嵌めた手を、私に差し出した。なめらかな金の表面に、私の顔が思い切り横長に映っている。

「今は辛《つら》いだろうけど……」祖母は、小さく咳払《せきばら》いした。

「大事なのはこれからなんだから。あとで、『ああ、あの時はまだ若かったのに』なんて後悔しないようにしなさいよ」

祖母の言葉に、母は「そんなことはわかっている」と言うように、小刻みに頷《うなず》いた。

「大丈夫よ、あたしは」

「そう？　昨日ね、あんたがその、くたびれたスーツ着て現れた時は、ぞっとしちゃった」

母は、あはは、と笑いだした。私は、母の着ているチェックのスーツが不評を買っているらしいと知って、まったく意外だった。そのスーツは私のお気に入りだったのだ。

「これはね、ちょっとわざとってところもあるのよ。喪中だし。兄さん、うるさいでしょ」

「あの子はね、かたいの。こちんこちんの堅物」

祖母は思い切り顔をしかめた。

「あたしは年寄りやるしかないのよ。年寄りらしくしてなくちゃ、うまくいかないのよ」

でも、と言いかけた母に、祖母は首を振って見せた。

「皆知ってるもの。あたしがほんとは、こんなおしゃべりばあさんだって。美容院の先生でしょ、お医者の長沼先生でしょ、郵便局の田代《たしろ》さんでしょ、老人会の吉沢《よしざわ》さんも、田宮さんも。だけど皆、よくわかった人たちだから、あたしが猫かぶってるなんてこと、敏子《としこ》さんの前ではおくびにもださないでくれてるの。ほんとにいい人ばっかり」

さあもう行きましょうか、といちばんに立ち上がったのは、祖母だった。家の門を潜《くぐ》った途端、目はひっこみ、口もとがすぼみ、まるでお面を着けるように変わった祖母の顔を、私は今もありありと思い出せる。すぐ、お茶になった。祖母は、伯母が小さく小さく細切れにした羊羹《ようかん》を、小鳥のように食べていた。

おとうさん、おげんきですか。きょう、オサムくんと、オサムくんのおとうさんといっしょに、かわらにいって、たこあげをしました。オサムくんのおとうさんが、たくさんはしって、たこはすごく高くあがりました。かわらの風は、とても、つめたかったです。でも、わたしもオサムくんもたくさんはしったので、あつくなりました。

オサムくんのおとうさんは、かみのけをみじかくきりました。おでこの上の、はげたところが、まるみえです。でも、前よりずっと、わかいかんじです。

オサムくんは、こっちでおとうさんといっしょにいたい、といったそうです。そうしたら、オサムくんのおとうさんは、「いいよ」といったそうです。「すぐにはむりだから、いちどかえらなくてはいけないんだ。でも、春やすみには、ひっこしてくるよ」と、オサムくんはいいました。わたしは、すごくうれしくなって、オサムくんの手をつかんで、おもいきりふりまわしました。オサムくんとわたしは、手をつないで、ぐるぐるまわりながら、かわらをはしりました。

たこあげがおわってから、教会にいきました。わたしは、ひろゆきおじさんの家で、おばあちゃんとこうえんにいったときに、きれいなブローチをひろいました。そのブローチを、イエスさまにあげました。とめ金がこわれているけれど、赤くてきらきらひかるほう石がついていて、すごくきれいです。わたしは、どきどきしました。イエスさまが、うれしいかおを、するとおもったからです。でも、イエスさまは、なにかべつのことを、かんがえているみたいでした。わたしはイエスさまに、「なにをかんがえているの？」とききました。でもイエスさまは、なにもこたえてくれませんでした。かえるとちゅうで、わたしはオサムくんに、「イエスさまなんか、きらいだ」といったら、オサムくんはおこって、「どうしてそんなこというんだ」といいました。わたしは、「わかんない。しんでるから」といいました。オサムくんは、「しんでなんかいない」といいました。それからわたしは、オサムくんをぶちました。オサムくんは、わたしをぶたなかったけれど、口をきいてくれなくなりました。

よるになってから、オサムくんに「ごめんね」と、いいにいきました。オサムくんは、「ぼく、おこってないよ」といったので、わたしは「よかった」と、おもいました。

それから、オサムくんと、そとのかいだんのところで「グリコ」をやりました。わたしは、よるに、かいだんであそぶのが、すきです。でんきがついていて、まわりはくらいのに、そこだけあかるいからです。あそんでいるとちゅうで、ささきさんが、大きなスーツケースをもって、かえってきました。ささきさんは、ハワイにいっていたそうです。わたしとオサムくんに、おみやげのチョコレートをくれました。オサムくんと、ひとつずつたべました。とてもおいしかったです。それではさようなら。

明日から学校という日、オサムくんは小さなボストンバッグを提げて、帰っていった。私は西岡さんと一緒に送りに行きたかったけれど、西岡さんがそのまま仕事に行くということだったので、アパートの門のところでさよならをした。春になったら、オサムくんは帰ってくる。オサムくんは西岡さんと暮らし、毎日私と一緒に遊べるのだ。私はそれしか考えていなかった。

そしてその冬いちばんの寒波の襲来をニュースが告げた日、学校から帰ると、郵便受けにオサムくんからの手紙が届いていた。

千秋ちゃん、元気ですか。ぼくは元気です。でも、この手紙は、あんまりいい手紙じゃありません。書くのをやめようかと思ったけれど、やっぱり千秋ちゃんに話したいから、書きます。

ぼくのおかあさんは、やっと退院しました。でも、赤ちゃんは、死んでしまいました。赤ちゃんは生まれたのに、肺のところがうまくできていなくて、すぐに死んでしまったのです。

おかあさんは、毎日泣いています。おとうさん（こっちのおとうさんのことです）も、とてもがっかりしています。でも、おとうさんは仕事があるから、あまりおかあさんのそばにいてあげることはできません。

ぼくは、毎日、おかあさんにおかゆをたいてあげます。おかあさんは、ちょっぴりしか食べません。ぼくが食べさせてあげると、「ありがとう」と言って、泣きながら、少しだけおかゆを食べるのです。このごろ、おかあさんは、おかあさんが子供のころの話を、よくします。一時間も二時間もしゃべって、それから、すごくつかれたみたいになって、ねむってしまいます。

千秋ちゃん、ぼくは千秋ちゃんに、春になったらそっちに行く、と約束したけれど、その約束を、まもることができません。ぼくは、まだとうぶん、おかあさんのそばをはなれるわけにはいかないのです。赤ちゃんが死んでしまったのに、ぼくまでいなくなったら、おかあさんはすごくかなしむと思うのです。ごめんなさい。おとうさん（ポプラ荘にいるおとうさんのほうです）も、「おかあさんのそばに、いてやれ」と言います。「おとうさんなら、もう一人になれてるから、だいじょうぶだよ」と言います。でも、おとうさんもさびしがりなところがあるので、ぼくはすこし心配です。千秋ちゃん、おとうさんのことを、どうぞよろしくおねがいします。

また、手紙かきます。千秋ちゃん、いつかまたいっしょに、教会に行きたいです。約束まもれなくて、ほんとうにごめんなさい。

一月二十三日　遠藤　治

私はおばあさんのところに駆け込み、アイロンかけをしていたおばあさんに手紙を突きつけた。

「オサムくんのおかあさん、新しい赤ちゃんが生まれるから、オサムくんのこと、いらないって言ったんでしょ？　それなのに、赤ちゃんが死んだからって、ずるいよ。オサムくん、かわいそうだよ」

私はおばあさんの洗濯石鹼《せんたくせっけん》と煎《せん》じ薬のにおいのする前掛けを、涙と鼻水と涎《よだれ》で濡《ぬ》らした。どのくらいの間、そうしていただろうか。ようやくおばあさんの膝《ひざ》から顔をあげた私に、おばあさんは栗《くり》羊羹を食べさせてくれた。涙と鼻水でからまった喉《のど》を、柔らかな甘味が通り抜けると、私はきゅうに空腹を感じた。

おばあさんはにこりともせず、黙々と羊羹を果物ナイフで切っては食べ、切っては食べしている。普段、おばあさんの甘いもの好きには舌を巻いている私も、負けずに食べた。その羊羹は、おばあさんがわざわざ知り合いに頼んで送ってもらった「とっとき」なのだとは知っていたけれど。おばあさんと私は、瞬《また》く間に栗羊羹を一本平らげ、次の一本も、あらかた食べ尽くした。その間、ひと言も口をきかなかった。

やがて、甘さで脳味噌《のうみそ》が酔っぱらったようになってしまった私の顔を見て、おばあさんは「よし」と頷いた。何が「よし」なんだかわからなかったけれど、そう言われると私も、「おばあさん、あたしオサムくんに返事書く。きっとまた一緒に遊ぼうねって書く」

と、息巻いた。

「ああ、そうおし。あんた、オサムさんほどえらい男は、そうはいないよ」

オサムくんは結局、私がポプラ荘にいる間に再び来ることはなかったし、子供どうしの文通も長くは続かなかった。けれどもオサムくんの手紙の生真面目《きまじめ》な文章は、ところどころ今もよく憶《おぼ》えている。一度、写真を送ってきてくれたことがあった。それは遠足の写真で、オサムくんは鎖に繋《つな》がれた仔熊《こぐま》の横で、ひどく緊張しながらVサインを掲げ、どうにか笑顔を浮かべている。私はその写真のオサムくんが、なんだかとてもオサムくんらしくて好きだった。

8

「どなたかお医者様はいらっしゃいませんか」

眠っていた私の耳に、低いけれどよく通る声が届く。それがスチュワーデスの声だとわかるまでに一瞬、間があった。

腕時計を見ると、飛び立ってから四十分も経《た》っている。よほど熟睡していたのだろう。昨夜は母の電話でおばあさんの死を知って、すると次から次へと思い出すことがありすぎて、眠るどころではなかったのだ。

「あの、私、看護婦ですが……」

声にだしてしまってから後悔した。看護婦といっても、辞めた身なのだ。それにもし、私の手にはとても負えないような事態だったら？

「こちらに来ていただけますか。お客様がひどい腹痛で」

通路の向こうからやってきたスチュワーデスは、私の逡巡《しゅんじゅん》など気づかぬように、出しっぱなしになっていたトレイを手際《てぎわ》よく前の席の背に収めながら言った。

カーテンで仕切られた前のほうの座席に行くと、ひとまわり大きなゆったりとしたシートを倒して、十五歳くらいの女の子が横たわっている。毛布にくるまった細いからだが、痛みにこわばっているのを見た途端、私のおずおずした気持ちは消えてしまった。

連れはいない、とスチュワーデスが教えてくれる。私が看護婦だと知ると、女の子は表情を少し弛《ゆる》めた。

「どうしたのか、話せる？」

「きゅうにお腹がいたくなって……それから吐いちゃった」

「どのへんが痛い？」

毛布をまくって訊《たず》ねると、女の子は「ここ」と上腹部に手を当てる。私は彼女のジーンズのベルトを外し、うすく汗ばんだ皮膚の上を掌《てのひら》で探った。

「ここ？」

それから、本人が痛いと言っているよりも右下を、少し強く押してみる。

「うん……」

「痛っ……！」

「吐いたものは？」

「トイレに……」

「血、混じってたかどうかわかる？」

「混じってなかったと思う。白かった」

とりあえずほっと息をつく。自宅の電話番号を訊《き》くと、幸い飛行機の到着地らしい番号だ。

市販の胃腸薬か鎮痛剤ならありますが、と遠慮がちに声をかけてきたスチュワーデスに、私は首を振った。

「虫垂炎かも知れません。救急車を空港に呼んでおくこと、できますか？」

スチュワーデスのきれいに化粧を施した目が、ぱっと私の目を捉《とら》える。私はあなたを信用している、あなたも私を信用してよろしい、と言っているように。

「できます、すぐ連絡します。ほかには？」

「これが家族の電話番号。あ、それから体温計と、もっと毛布があれば持ってきてください」

「わかりました」

痛みにうめきながらも、女の子は私のことを不安気に見上げている。

「大丈夫。あと三十分くらいで到着するし」

私は通路にしゃがみこみ、彼女の手を取った。

「チュウスイエンって盲腸のこと？」

「そうよ。でもちゃんと調べなきゃ、わからないけど」

「盲腸ならいいや……おかあさんもやったことあるから。でも傷が残るのいやだな」

「手術するとは限らないのよ。とにかくお医者様に診てもらってから」

女の子はこくんと頷《うなず》いた。私はそのまま彼女の手を握り、少しでも気が紛れるよう話しかける。女の子も喘《あえ》ぎ喘ぎ、単身赴任している父親に会ってきたのだ、と話してくれた。

休みでもないこんな時期に、ひとりで父親に会いに行くなんて、何かあったのだろうか。

私は彼女を励ましながら、ついそんなことを考えてしまう。

私が看護婦になりたい、と考えはじめたのは、ちょうどこの女の子くらいの頃《ころ》だった。祖母がいよいよいけなくなって見舞った時、私はひとりの看護婦さんに、まさに一目惚《ぼ》れしてしまったのだ。

今でも彼女のすらりとした白衣の姿は、はっきりと思い出せる。それまで、大人になった自分を想像することができなかった私に、とうとう未来への展望のようなものを与えてくれたのが彼女だった。献身的で安定した態度、的確な動作、慎ましい言葉の奥にある心地よい活気。それらは皆、きちんと自分を信じている人だけが持つことのできるものだ、と十五歳の私は熱に浮かされたように考えた。私はいつもクラスで一、二番の成績だった。だがいくら勉強しても、あるいは化粧をしてみたり、高校生のバイクの後ろにのってみたり、そんなことをいくらしても自分を探し当てることなんかできっこないとわかっていただけに、その出会いは決定的だった。

実際、今考えても、彼女は看護婦が天職のような人だったと思う。寝たきりになっていた祖母に寝返りをうたせるという重労働を、彼女は誰よりもこまめに丁寧にやってくれた。

彼女が病室に来ると、祖母は心底安心したように目を細めたものだ。そして自分が若かった頃の話、孫の私が一度もきいたことのなかった話をしはじめるのだった。当時はとてもハイカラな職業だった、タイピストをしていたことなどを。

でも私が看護婦になりたいと心を決めたのは、その看護婦さんのせいばかりではなかった。その頃から私は、早く家を出たいと考えていたのだ。母へのこんがらがった感情から、一刻も早く抜け出さないことには窒息しそうだった。相変わらず死んだ父の話を私が持ち出すと、あたりさわりのない思い出話はするものの、どこかかたくなになってしまう、そんな母がきらいできらいでたまらないかと思うと、そのすぐあとに、母のためなら自分の命を投げ出してもかまわない、と私は泣くのだった。——かわいそうな、いじらしいおかあさん。辛《つら》い目に遭って、苦労して、今では義父にすべてを任せきって、何ひとつ自分で決めようともしない——。そしてまたしばらくすると、再婚してからすっかり安心したように太ってしまった母に対する苛立《いらだ》ちがやってくるのだ。心のなかでは同じひとつの声が渦巻《うずま》いていた。「おかあさんはほんとうに仕合わせなの？　仕合わせなふりをしているだけじゃないの？」と。

いったいどういう大人になりたいのか、祖母の病院に行くまではそんなことさえ皆目わからなかったというのに、とにかく家を出て独立することを思い詰めていた私は、看護婦という職業が自分にうってつけだと考えた。その罰なのだろうか。今、勤めていた病院も辞め、ひどく行き詰まることになってしまったのは、十五歳の私の抱いた動機のなかに、そんな不純なものがあったせいなのだろうか。

着陸態勢に入ったアナウンスが流れ、女の子の汗ばんだ手が、ぎゅっと強く私の手を握った。

「あと少しで着くからね」

肉の薄い彼女の腹部に、もう一度手を当てる。痛みがじかに伝わってきたような気がして、一瞬ぎくりとしてしまう。

この子はたしかに我慢強い。それも、私が思っていたより、ずっと。

「手、あてておいて」

目を閉じたまま、女の子はかすかな声で言った。

そうだ、私は人一倍熱心に働きはしたものの、あまりいい看護婦とは言えなかった。盲腸を切る程度の手術を前にして、大の大人がこわがって泣いたりすると、口では励ますようなことを言いながら、心の底で苦々しく思ってしまうことさえあったのだ……。でも今、どうして私には、この子の感じている痛みがこんなに伝わってくるのだろう。二度と病院には戻らないと決めた、今になって。

やがて空港に着き、救急車に乗せられた彼女が去ってからも、私の手のなかには熱い痛みが残っていた。すっかり新しくなった空港の巨大なロビーの真ん中で、私はしばらくの間、案内板を見るようなふりをして立ち止まり、ポケットのなかのその手を握りしめていた。

9

オサムくんからの手紙を受け取って間もなく、節分の頃だ。西岡さんが事件を起こした。

西岡さんは、その日、友達と会ってお酒を飲んでいた。その友達はもともと板前で、一時タクシーの運転手をしていた時に西岡さんと知り合ったのだが、最近はまた板前として、ある店で働いていたのだった。それが、ついさぼり癖をだして、その店もクビになってしまった。今度こそいっしょうけんめいやろうと思っていたのにクビにされた、世間は冷たい、という具合に、その日は西岡さんに愚痴を言ったり、泣いたりまでしたらしい。

根っから優しい質《たち》の上に、お酒の勢いも手伝って、西岡さんは「俺《おれ》が話をしてやるよ」と、友達をクビにした店に出かけて行った。最初は土下座してでも、と思い込んで下手に出ていたのだが、その店の女将《おかみ》があまりにとりつく島もない様子で、おまけに西岡さんにまで馬鹿《ばか》にしたようなことを言ったものだから、西岡さんはかっときて暴れたのだった。普段はそのくらいのことで頭に血がのぼる西岡さんではなかったけれど、やはりオサムくんのことで心が乱れていたのだろう。

警察から、おばあさんのところに連絡が来たのは翌日になってからのことだ。西岡さんは最初、勤めているタクシー会社に連絡したのだが、会社には知らん顔をされてしまったらしい。おばあさんは、たまたま仕事が休みだった佐々木さんにお供を頼み、樟脳《しょうのう》のにおいのする着物をひっぱり出して着替え、入れ歯をはめるべきかどうか少し迷ってから、入れ歯なしのまま出かけていった。「留守番をしっかりたのむよ」と、私に言い置いていく。

西岡さんはすぐに帰ってきた。真っ青な顔をして、幽霊みたいにふらふらと階段を昇っていく。「ひどい二日酔いなのよ」その背中を見上げながら、佐々木さんは私に言い、口をへの字にした。

私が細かな事情を知ったのは、おばあさんと佐々木さんの会話に耳をそばだてていたからだ。佐々木さんは意外に世話好きなところがあるのか、それとも好奇心が手伝ったのか、おばあさんに言われてあちこちに電話をかける役を引き受けていた。傍目《はため》にはわからなかったが、おばあさんは耳が少し遠かったらしく、電話が苦手だったのだ。

小皿十四枚、大皿八枚、グラス三十五個、陶器の壺《つぼ》一個、ビール一ケース、真新しいウイスキー十五本、食器ケースのガラス四枚、電球一個……おばあさんと佐々木さんは、お店が出した被害品目のリストを見て、ほとんど感心したようにため息をついたものだ。

「どこにこんな馬鹿力があったのかしら、あのひょろひょろのとうへんぼく」

「いや、あの人にしちゃあ、たいへんな活躍ぶりだよ、これは」

ふたりは、お店がはじき出した金額が不当に高いのではないか、などと言い合いもしたが、結局、示談に応じてもらっただけで儲《もう》けものだ、おばあさんの昔の知り合いである弁護士の先生にまかせるしかないのだ、と納得し、それでもなおリストを眺《なが》めるのだった。

おばあさんはタクシー会社にも出かけていった。西岡さんに冷たい仕打ちをした会社ではあったけれども、どうかクビにしないでほしい、と菓子折り持参で通いつめる。タクシー会社の社長さんは、ほんとうは少しでも人減らしをしたいところだったらしいが、おばあさんのような年寄りが古い着物の樟脳のにおいをふりまきながら、寒いなかを毎日やって来るのだから、弱りきったにちがいない。

私から舌足らずな話をきいていた母が、さつま芋のレモン煮を持っておばあさんの様子を伺いに行った夜、たまたまおばあさんのところには当の西岡さんが来ていた。すっかりしょげかえって炬燵《こたつ》にあたっている西岡さんの背中が、暗い廊下の向こうにちらりと見える。母と私は、玄関先でおばあさんにお芋だけ渡して引き上げようとしたのだが、まだ引き戸が開けっ放しのところに、ちょうど佐々木さんが仕事から帰ってきた。

西岡さんがいるとは知らない佐々木さんは、玄関の三和土《たたき》に足を踏み入れながら、「今日もタクシー会社行ったの？　どう、あのぼんくらの首、繋《つな》がりそう？」などとおばあさんに声をかけたのだが、そこに西岡さんが出てきて、「いろいろご心配おかけして……」と口ごもりながら頭を下げた。

「あ、いたの」

「はあ。仕事はおかげ様で何とか続けられることになりました」

佐々木さんはにこりともしないで「よかったじゃない」とひとこと言うと、なんだか気まずくもじもじしている皆を尻目《しりめ》に、階段をだっと駆け上がっていった。戻って来ると、両手にビール瓶《びん》を二本ずつ提げている。

「いちおうめでたしってことでさ、皆で一杯やろうよ」

その夜は遅くまで、おばあさんの茶の間でさつま芋のレモン煮と佃煮《つくだに》をつまみながらの宴会になってしまった。私がポプラ荘で暮らしていた三年ほどの間に、全員が集まって一緒にお酒を飲んだりしたのは、後にも先にもあの時一回きりだ。おばあさんはコップに半分もビールを飲むと血の巡りがよくなったのか、しゃっくりをしながら押入れをかき回し、しまいこんだままになっていた年代物のおかきを持ち出してきた。佐々木さんと母は、「まあまあ」「いえもうだめ」などと言いながらお互いビールを注《つ》ぎあって、ぐんぐんピッチをあげている。どこで見つけたのか、西岡さんは古い琵琶《びわ》を抱え込んで、陰気なような、間の抜けたような調子で爪弾《つまび》いていたのだが、突然「うう」とうめいたかと思うと泣きだしてしまった。

あらまあ……佐々木さんは、小さくため息をついた。母は西岡さんのことを見つめたまま、コップを持った手が止まっている。おばあさんは「あんたも辛いだろうけど……」と話しかけたものの、そこでまたしゃっくりが出たものだから、せっかくの励ましの言葉も途中でつかえてしまった。私はひたすら口のなかのおかきを持て余していた。

西岡さんは俯《うつむ》いたまま、途切れがちなうめき声をあげていたが、突然、すごい勢いで立ち上がった。顔が、真っ赤だ。肩がぶるぶる震えている。佐々木さんも母も私も、普段は背中の曲がっているおばあさんまで背筋がしゃんとなった。

「西岡さん……?」母が、佐々木さんとおばあさんに不安そうな視線を送りながら声をかける。

「あのさ、とにかく座ったら。立ち飲みは、酔いが回るの早いよ」

佐々木さんがそう言ったけれども、西岡さんはきいているのかいないのか、ずかりと足を踏み出した。途端に炬燵布団《ぶとん》に足をとられて、かかしみたいな上体がよろめく。なんとか姿勢を立て直し、ずいぶん荒っぽい足取りで台所の流しに行くと、勢いよく蛇口《じゃぐち》をひねった。顔でも洗うのかと思ったら、コップに水を汲《く》んで戻ってくる。

「しゃっくり。水飲むといいです」

おばあさんは、西岡さんの差し出したコップをうやうやしく受け取った。緊張したおかげで、しゃっくりはもうおさまっていたようだったけれど。

それからあと、ビールを運ぶ佐々木さんが、自分の部屋とおばあさんのところを何往復したのか私は知らない。酔っぱらった佐々木さんに強迫されて、西岡さんは落語の『火焔《かえん》太鼓』を披露《ひろう》した。笑ったのが母だけだったとはいえ西岡さんは嬉《うれ》しかったらしく、ビールを飲んでは「座り小便して馬鹿ンなるな」のところばかり、ひとりで繰り返している。おばあさんの歌う、まるで御詠歌のように幅のない音程の『蘇州《そしゅう》夜曲』をききながら、私はいつの間にか炬燵にもぐりこんで眠ってしまった。

そんなふうに過ごしているうちに、裸だったポプラの枝々に、小さな緑の葉が姿をあらわした。鼻の奥をつんとさせる草や木の匂《にお》いが、日に日に濃くなっていく。物置の裏では猫《ねこ》が子供を産んだ。親猫は牙《きば》を剝《む》くばかりで決して人を近づけなかったけれど、私は毎日、牛乳を入れたお皿を物置の近くに置いた。

その頃《ころ》、私は反抗期というものにさしかかったようだ。母が私に背を向けて台所仕事をしているのを見ていると、母は私に対して心を開いていない、言うべきことを言っていない、という猛烈な苛立ちに襲われるのだ。私はほんのささいな、どうでもいいこと——

夜、おやすみを言う時のそっけなさや、私の話をききながらテレビに気をとられていた、というぐらいのこと——をつかまえては、母にぐずった。突如として「因縁《いんねん》をつける」子になってしまったのである。でもそんなことをすればするほど、母の心は摑《つか》み所がなくなり、私は良心の呵責《かしゃく》に苛《さいな》まれた。父への手紙は、ほとんど書かなくなっていた。自分を持て余していた私には、その苛立《いらだ》ちを言葉にする術《すべ》も、言葉にしていいのかどうかさえ、わからなかったのだ。

だからある日、母が突然、一通の封筒を私に差し出した時は驚いた。封筒の表には、父の名が書いてあったのだ。

「おとうさんへの手紙。書いたら、誰かに持っていってもらえるんでしょ」

私は大晦日《おおみそか》の夜、伯父の家で母に話したことを思い出した。

「そうだよ」

「その人に、渡してくれる?」

私は頷《うなず》いて、封筒を受け取った。クリーム色の、さらさらした手触りの封筒には、母の、紛れもない大人の字で「星野俊三様　つかさより」と書かれている。掌《てのひら》にしっくりとおさまるほどの重みがあり、もちろん封は糊付《のりづ》けされていた。

母が私の申し出を受けてくれたのだ、と思うと、私はうれしかった。翌日、学校から帰るとすぐにおばあさんのところへ行き、ランドセルのなかに大事にしまっていた母の手紙を渡した。

「秘密って約束は、やぶってないよ。おばあさんだって言ってないもん」

おばあさんは、「まあいいだろ」と言って、受け取ってくれた。「そのかわり、今日は草取りだよ」

母はどんなことを考えて、私に父への手紙を渡したのだろう。父に話しかけたいことがあったのか、それともぐずぐず言ってばかりいる私をなだめるためだったのだろうか。いずれにせよ、母が父に手紙を書いてからしばらくの間、私の苛立ちは嘘《うそ》のように鎮《しず》まったのだった。

春休みがやってくると、私は毎日おばあさんの庭で、子猫たちを追い回して過ごした。おばあさんと私はよく、草取りをした。それぞれ袋を抱えて、どちらが先にいっぱいになるか競争するのだ。冬の間、霜柱の立っていた黒い土の上には見たことのない草がさかんに生えはじめていて、私はいちいちおばあさんに「これは抜く？」と確かめるのだが、おばあさんは「それはスミレ」だの「それはハッカ」だの言うものだから、なかなかはかどらない。でもおばあさんは、時々こっそり、自分の抜いた草を私の袋に入れてくれた。その春、私の靴《くつ》のサイズは二十・五センチになり、母は新学期のために、小さくなった赤いスカートのかわりに空色のスカートを買ってきてくれた。あれほど怖かったマンホールのお化けはすっかりどこかに消えてしまい、私はもう暗い穴のことを忘れかけていた。

四月に入ったばかりの、風の強い日のことだ。

「窓を開けないでね、埃《ほこり》が入るから」

母にそう言われていたので、私はポプラの木が、新しくつけたばかりの葉を風にもぎとられそうになりながらも、びくともせずに立ち尽くしている様子をガラス越しに見ていた。風は時々、私がぼんやりと鼻のあたまをこすりつけているガラス窓に突き当たって、私の目を覚まさせた。

灰色の雲が、ぐんぐんと流れていく。ふと下を見ると、おばあさんが庭にでている。おばあさんの白髪は風にあおられて逆立ち、筒型のスカートからのぞく靴下を重ね履きした両足は、地面の上で、風に飛ばされまいとしているかのように突っ張っていた。こんな日に外で、いったい何をしているのだろう……

目当てはすぐにわかった。物干しのところに出しっぱなしにしていたゴムの木の鉢植《はちう》えが、風でひっくりかえっている。おばあさんは水のなかを歩くようにゆらゆらとそこへ行くと、曲がった背中に力をこめて、その大きな鉢を起こした。そして濡《ぬ》れ縁にお尻を向ける恰好《かっこう》で、じりじりと辛抱強く引っ張りはじめた。

あれを家のなかに入れる気なら、手伝わなくては。そう思った私が窓から身を引こうとした時、風が一段と大きなかたまりになって、うなり声をあげた。あ、ともう一度下を見た時、おばあさんの固くこわばった背中は、もう動いていなかった。おばあさんはゴムの木を抱えるようにして、倒れていたのだ。

間の悪いことに、佐々木さんも西岡さんも留守だった。私は庭に走った。風は吹き荒れ、角の犬が何かに狂ったように吠《ほ》えたてるなか、おばあさんのまわりだけが、いやに静まりかえっている。泣きながら、私は隣の家の扉《とびら》を叩《たた》いた。

母の勤めが休みの日、私は母についておばあさんの病院にお見舞いに行った。倒れてから三日目くらいだったと思う。おばあさんは酸素吸入器をつけて眠っていた。広いおでこの庇《ひさし》の下からいつも周囲にぎろりと睨《にら》みをきかせている目は閉じられて、白い布団はぺっそりと平たい。おばあさんはきゅうに小さくなってしまったようだった。おばあさんのあまりの弱々しさに、私はショックを受けた。それはおばあさんが倒れた時とはまた別の種類の、じわりと冷たいものがしみ込んでくるようなショックだった。

「おばあさん、死んじゃうの？」

病院からの帰り道、私は母に訊《き》いた。大丈夫よ、と母は答えてくれたものの、やはり不安そうだった。私の目に、またしてもあのマンホールの蓋《ふた》が、真っ黒な口を開けて待ち構えているのが見えた。「いやだ、消えろ」と私は呟《つぶや》いたけれども、それは不気味な笑い声を洩《も》らしただけだった。

その日の夕方、母はおばあさんの家の鍵《かぎ》を開けた。佐々木さんと母が、それぞれ休みの日におばあさんのところへ替えの寝巻などを持って行くことになっていて、おばあさんの家の鍵を交代で預かっていたのだが、母は翌日の出勤前にもう一度、病院に寄って下着の替えを置いてこようと考えたのだ。

私は母が外階段を降りていく足音をききながら、あの抽出《ひきだ》しのことを考えていた。今し方見たばかりの、壊れかけた木彫りの人形のようなおばあさんの姿は、とうとうあの抽出しがいっぱいになったしるしなのではないかと。でも、今ならまだ、おばあさんを助けることができる。おばあさんが暗い穴に引きずり込まれる前になんとかするなら、そのチャンスは、鍵の開いている今しかないのだ……

私は母の後を追って、そっと階段を降りた。玄関の引き戸は、幸い開けっ放しになっていて、母は風呂場《ふろば》の手前、おばあさんの寝室の向かいの納戸《なんど》のようなところにいるらしかった。私は足音を忍ばせ、いちかばちかで納戸の前を通り抜けると、いつもの茶の間に辿《たど》り着いた。母の鼻唄《はなうた》がきこえる。気づかなかったのだ。

私は台所から踏み台を持ってくると、黒い大きな簞笥《たんす》の前に置き、その上にのった。背伸びをすれば、いちばん上の抽出しのなかを覗《のぞ》き込める高さだ。さっと、素早く、見てしまえばいい。おばあさんは言ったではないか。抽出しの中身を見たら、見た者が手紙を運ぶことになるのだと……

おばあさんの身代わりになって死ぬ、などという悲壮な決意があったのかといえば、決してそうではなかったのだ。自分からすすんで抽出しの中身を見てしまえば、蓋のないマンホールに飲み込まれてしまう恐怖をやっつけることができるのではないか……どこか頭の隅《すみ》に、そんなやぶれかぶれの考えがあったのは確かだけれど、それだって二の次のことだ。私はただ、おばあさんが死んでしまうのはいやだった。おばあさんに生きていてほしかったのだ。

私は踏み台の上で足を踏ん張り、全身の力をこめて抽出しの把手《とって》を引っ張った。重い抽出しは、思いのほか滑らかに、音もなく開いた。お香のようないい匂いが、ふわりと立ち上がり、私は思わず目を閉じた。背伸びをする。さあ、目を開けて。そうすればおばあさんは死なずにすむ。さあ早く目を開けるんだ……！

けれど私の目はぎゅっと閉じたままで、背伸びした爪先はぶるぶる震えた。

「何してるの」

いきなり声をかけられて、振り向くと母と目が合った。ほんの一分ほどだったろうが、私はあまりに張り詰めていて、母がいることとさえ忘れていたから、ひどく驚いた。

「いったい何してるの。勝手に箪笥を開けたりして」

母が箪笥の抽出しを片手で押すと、抽出しは吸いつくように閉じてしまった。私は踏み台からすとん、と降りた。もう終わりだ。母は夜のうちに、佐々木さんに鍵を渡すことになっている。私がさっさと目を開けなかったから、チャンスは遠のいてしまったのだ。

その夜、私は父に手紙を書いた。その手紙をおばあさんに渡すとか渡さないとか、そんなことはもうどうでもよかった。ただ、おばあさんを助けてほしくて、お願いするとしたらイエス様よりも誰よりも、父しかいない、と思ったのだ。その手紙を書いている間、私の心のなかでは不思議なことに、おばあさんの姿よりも父のことが——もの静かな食事する様子、「いってきます」と家を出る時の扉の閉め方、「ただいま」と帰ってきて、寒い空気と煙草《たばこ》のにおいのまとわりついたコートを脱ぐ時の手つき、「千秋」と私に呼びかける、その声——そんな父のいろいろな姿や声が、ありありと浮かんでは消えていった。

私は手紙を枕《まくら》の下に入れて床に就いた。けれども横になった途端、とても眠れそうにないことに気づいた。私は昼間、抽出しのなかを見ることができなかった自分の臆病《おくびょう》さを後悔し、どうしようもなく恥ずかしく思っていたのだ。

やがて真夜中、窓から月の光がいっそう冴え冴《さざ》えと射《さ》しこむ頃になっても、私の目はぱっちりと見開かれたままだった。母は隣で静かな寝息をたてている。この世で目覚めているのは自分ひとりのような気がしてきて、枕はいつの間にか熱く湿っていた。もしも時間を巻き戻せるなら、躊躇《ためら》いなくあの抽出しを開けた瞬間に時間を戻し、今度こそしっかりと目を開けるのに……私は同じことばかり幾度も考えては、寝返りをうっていた。

その時、電話のベルが鳴った。音量は小さめに調節してあったというものの、母はよほど疲れ切っているのか、ぐっすりと寝入っている。私は起き上がると台所に行き、受話器を取った。

誰の声もきこえない。ただ、風のような、あるいはものすごく遠いところからの電話の時のような、乾いた音がした。

「おとうさん?」

考えるより先に、口にしていた。受話器の向こうからきこえてくる音が、ずっと前、父がイギリスに行った時、かけてきてくれた電話の雑音と似ているからだろうか。ツツツッと別な雑音がかぶさり、電話はぷつ、と切れた。私は受話器を置くと、しばらくの間、ぼんやりと突っ立っていた。耳の奥であの音が、まだ鳴っている。

やがて静かに、からだの奥底から、予感がこみあげてきた。おばあさんは、きっと助かる。だって今の電話はおとうさんからで、「おばあさんを助けて」という私の手紙が通じた合図にちがいないのだ。とうとう私の待っていた「すごいこと」が起こったのだ。仏壇の果物は相変わらず腐るけれど、やはりおとうさんは、ちゃんと私のことを見ていてくれたのだ……

私はひとかけらの疑いの気持ちもなく、そう思った。振り返ると、ついさっきまで無慈悲に明々としているとしか思えなかった月の光は、まるで秘密を分け合う仲間のように親しく、柔らかく降り注いでいた。ポプラの木は、一部始終を知っている頼もしい証人だった。私は爪先《つまさき》立って布団《ふとん》に戻ると、さっきまでの苦い後悔などすっかり忘れて、ことんと寝ついてしまった。

あの夜の電話は、実際には単なる間違い電話かいたずら電話だったのかも知れない。あとになって、私は屢々《しばしば》そう考えた。でも、たとえそうだったとしても、そんなことはどうでもいいのだ。私はあの電話を、父からの電話だと信じることができたのだから。長い間捜していたパズルのひとかけらがやっと見つかって、私はもう父を見失うことはあるまいと安心することができたのだから。

おばあさんはその年齢にしては驚くべき回復力を示し、電話の夜から一週間後には、病院のベッドの上で、私の買ってきた西川屋の豆大福を食べた。私は学校からの帰りに、毎日のようにおばあさんの病院に寄った。目の前で起こっている「すごいこと」を、ちょっとでもよけいに見ていたくて。

おばあさんが退院したのは、五月の連休の間だった。西岡さんのタクシーに乗って、久しぶりのわが家に戻ったおばあさんは、まず晴れ渡った空に緑の葉をそよがせているポプラを見上げて、眩《まぶ》しそうに目をしばしばさせていたかと思うと、「ふん！　ふん！」と鼻を盛大に鳴らした。それから家のなかに入って仏壇のおじいさんを拝み、部屋じゅうをゆっくりと見回した。そうやっておばあさんが部屋のなかにおさまると、前はあれほど気味が悪かった竜の彫刻も、古い本も、黄ばんだ掛け軸も、何もかも驚くほどその場にしっくりしているのだった。

茶の間には、私が病気だった時に寝ていたのと同じところに、布団が敷いてある。テレビもあるし、寝室より広々していいだろうということで、母か佐々木さんが敷いておいたのだろう。母は私に、「おばあさんがちゃんと着替えて横になったら、あなたも早く帰ってくるのよ」と言いつけていた。大人に世話を焼かれるよりは、私を置いていったほうがよかろうという、これも佐々木さんか母の判断だったにちがいない。

けれどおばあさんは、台所の戸棚《とだな》を開けてみたり、仏壇の脇《わき》の小抽出しをがちゃがちゃかき混ぜて古い爪研ぎ用のやすりを取り出してみたり、座椅子《ざいす》の背をぽんぽんと叩いては何事か呟いてみたり、なかなか横になろうとしないのだった。私はそんなおばあさんを、少しやきもきしながら見つめていた。

おばあさんは腕を伸ばし、あの黒い簞笥《たんす》のてっぺんに、つーっと指を滑らせている。それから振り返ると、入院して少し白っぽくなったおでこを突き出すようにして、畳に座りこんでいる私と、ぴたりと目を合わせた。みるみるうちに、自分の顔が赤くなるのがわかった。おばあさんの目つきは、すべてを見破ってしまいそうなのだ。

けれどおばあさんは、ついと目を逸《そ》らすと着替えを始めた。着替えているところをあまりじろじろ見ては悪いので、下を向いた私に、おばあさんは言った。

「抽出しは、まだいっぱいじゃないよ。あたしはまだまだ死ねないね、残念ながら」

「ほんと？」

ぱっと顔をあげると、おばあさんは肌色《はだいろ》の中袖《ちゅうそで》シャツと五分パンツという姿で仁王立ちのまま、「ほんとさ」と言った。寝巻に着替えるのかと思ったら、おばあさんはいつも家にいる時の、灰色の筒型のスカートを履こうとしている。

「まだまだってどのくらい」

「まだまだってそうだね、まだまださ」

「あたしが大人になるまで？」

「それはまた、ずいぶん先の話だねぇ」

おばあさんはそれ以上答えない。見慣れた小豆色のカーディガンの前ボタンを、上からゆっくりと順々にとめている。それからふたりで、戸棚のなかに残っていた即席のお汁粉を食べた。

「ああいいねえ、家でこうやって好きにしてられるってのは、ほんとにいいねえ。好きな時に寝て、好きな時に起きて、好きなものを食べてさ」

おばあさんは粉っぽいお汁粉を食べながら、しわだらけの顔をますますくしゃっとさせた。けれど私の気持ちはいまひとつ弾まないのだった。おばあさんは私の浮かない顔をしばらくじいっと見ていたが、とうとう、

「あんた、あの抽出しのなか、見たの」

と切り出した。うん、と言ってしまいたかったけれど、やはり嘘《うそ》はつけなかった。

「見ようとしたけど、目が開かなかった」

おばあさんはそれをきくと、「ふっふっふっ」と笑いだした。背中をまるめて、さもおかしくてたまらないというように、いつまでも笑っている。恥ずかしいやら腹立たしいやらで、私はその場から消えてしまいたくなった。人にさんざん心配させて、もうおばあさんのことなんか知るもんか。

けれどおばあさんは、そんな私に言ったのだった。「あんたが大人になってもまだこの

世にいるなんて、考えるだけでぞっとするよ。だけどまあ、ひとつがんばってみるかね」と。

開け放した窓から五月の風が入ってくる。ポプラの葉の鳴る音に耳を澄ますように、おばあさんは目を閉じた。

おとうさん、おげんきですか。おばあさんは、きょうびょういんからかえってきました。家じゅうのものをなでまわして、とてもうれしそうです。おばあさんは、まだねてなくてはいけないのに、なかなかねなくてこまりました。でも、やっとねるとき、わたしに「よくねむれるおまじない」をおしえてくれました。こういうのです。

「ねるよりらくは、なかりけり。うきよのばかは、おきてはたらく」

おばあさんは、いつもねる前に、このおまじないをとなえているから、こんどのびょうきにもまけなかったのだ、といいました。わたしも、おとうさんのことをはなしました。おとうさんに「おばあさんのびょうきがなおりますように」とおいのりしたら、おとうさんがでんわをくれたのだ、といったら、おばあさんは、「それは、よくおれいをいわねば」といいました。

ゆうがた、教会にいきました。このあいだ、火はつかないけれど、きんいろの、きれいなライターをひろったので、イエスさまにあげにいったのです。でも、ちょっと見ないあいだに、イエスさまは、おとうさんとぜんぜんにていなくなりました。わたしはイエスさまに、「どうしたの、だめじゃない」といいました。イエスさまは、くるまによった人みたいなかおをして、だまっていました。

そのかわり、このごろよく、わたしはおとうさんをおもいだします。前は、ぜんぜんおもいだせなかったのに、ふしぎです。おとうさん、おとうさんは、うさぎと月になんかいないし、子ひつじにもなっていないんでしょう。どこかで、まえみたいに、しずかにたばこをふかしたり、本をよんだり、おしごとをしているんでしょう。

わたしは、おとうさんにでんわしたいけれど、ばんごうをしらないので、でんわしたいときは、天気よほうのばんごうにかけます。天気よほうをきくのはおもしろいです。それから、ときどき、こういうふうにかんがえます。「きっと、おとうさんのいるところから、わたしにでんわするのは、でんわだいがすごくたかくて、たいへんなんだ。このあいだみたいなとくべつなときでなくちゃ、おとうさんはでんわできないんだ」

きのう、じゅぎょうちゅうに、はしぐちさんが、きもちがわるくなったので、ほけんしつにつれていってあげました。わたしは、ほけんがかりだからです。ろうかは、わたしとはしぐちさんしか、あるいていませんでした。わたしは、とてもしんぱいでした。そのとき、おんがくしつから、おんがくが、きこえてきました。おとうさんが、まえに、きいていたきょくでした。わたしは、あまりしんぱいでなくなりました。わたしは、はしぐちさんに、「げろはいたって、いいよ」といいました。はしぐちさんは、ちょっとびっくりしたかおになりました。それから、「ありがとう、ほしのさん」と、いいました。はしぐちさんは、あさごはんにドーナツをたべたそうです。「ドーナツはあぶらっぽいから、おやつのときにしなさい」と、おかあさんがいったのに、はしぐちさんは、たべてしまいました。だから、きもちがわるくなったのです。でも、はしぐちさんは、学校にいっているあいだに、おとうとにたべられてしまうのが、しんぱいだったのです。「あとでいっしょにたべればよかった」と、はしぐちさんは、いいました。わたしは、はしぐちさんと、もっとなかよくなりたいとおもいました。それから、ほけんがかりになってよかったと、おもいました。

おとうさん、おとうさんにてがみをかくのは、しばらくおやすみです。かくと、やっぱりおばあさんに、わたしたくなるかもしれないからです。そうしたら、わたしばかり、おばあさんのひきだしを、たくさんせんりょうしてしまうからです。おばあさんは、たくさんの人のてがみをあずかるのがおやくめだから、それはよくないとおもいます。それに、わたしは、おとうさんがちゃんと見ていてくれるから、だいじょうぶです。

てがみは、こころのなかで、かくことにします。いままでより、もっともっとたくさんかきます。それでもおとうさんがさびしかったら、またでんわしてください。夜おそくても、いいです。それではさようなら。

10

消防署の角を曲がって川沿いの道を歩きはじめると、一瞬たりともこの土地を離れたことなどなかったような、そんな錯覚にとらわれた。空気のなかにあの頃《ころ》と同じにおいがする。駅前には大きなショッピングセンターが建ち、商店街もずいぶん変わってしまったけれど、おばあさんの好きな西川屋の豆大福は健在だったから、私はその包みを提げて歩いた。

川は澄みきった秋の光に照らされて、「痩《や》せすぎだ」と会うたびに母に言われるいかり肩の私のシルエットが、水面にくっきりと映っている。川底の水草は、ゆらりゆらりと眠たげに揺れている。あの頃、この小さな川にはしょっちゅう洗剤の泡《あわ》がぶくぶくと膨れ上がっていたものだが、水がきれいになったのだろうか。

おばあさんが、あの世への手紙の話をしてくれたのも、こんな秋の日だった。それは今考えると、ほんとうにおばあさんらしい、そして六、七歳の子供を元気づけるにふさわしい、やり方だった。私があの不安な日々から抜け出すことができたのも、眠れない夜にかかってきた無言の電話を、父の電話だと信じることができたのも、手紙を書き続けたおかげでないと誰が言えよう。そのうえ、かなりな数になるに違いない私の書いた手紙を、おばあさんはずっと持っていてくれたのだ……

できることなら今日、私はおばあさんに言いたかった。おばあさんのおかげで、こんなに仕合わせになれたのだ、と。でもそんなことを考えた途端、胸がきゅうっと縮まるようなあのいやな感覚が襲ってきて、私は立ち止まった。

いったい私は、自分に対して何をしてしまったのだろう。私が好きになったのは、無口で、何を考えているかわからないところのある人だった。同じ病院の検査技師だった。いつも静かな、ひとり遊びに慣れてしまった子供のような人だった。そのうち私の部屋に来るようになったけれど、「今度はいつ来る」などということを決して自分から言いださないかわりに、私の言うことにはたいがい素直に頷《うなず》いてくれる、そんな人だった。

何を考えているかわからない人を好きになるなんて、ひどく馬鹿《ばか》げたことだとは思う。けれど私は、堅い殻《から》に閉じこもっているようなあの人といると心地よかった。むしろ弁の立つ人、お喋《しゃべ》りな人は苦手なのだ。どこか憧《あこが》れの気持ちを抱きながら、怖《お》じ気《け》づいてしまう。

私がそんなふうだったのは、記憶のなかの父のイメージと無縁ではないのかも知れない。父の沈黙のなかに決して入っていくことができないさびしさと、そのさびしさを癒《いや》してくれた父の温かみが、私のなかでは分かちがたく結びついているのだから。もしかしたら私は、父のそばで感じていたあの静かなさびしさがないことには、やさしさやぬくもりを感じることができないのではないだろうか……。

ここのところしばらく、私は父のことを考えては、何か恨めしいような思いにとらわれていたのだった。父はもっと私に、言葉を与えておいてくれるべきだった、と。そうすれば私は、言葉に飢え、憧れ、ついには恐れるようになってしまうこともなかったのに、と。

もちろんそれは、まったくの見当違いではないかも知れないが、馬鹿げた言いがかりだ。二十年近く前に死んだ人を引っ張りだして、今の自分の帳尻《ちょうじり》を合わせようとするなんて、それではまるで、私がこの世に生まれて与えられたものが、「早世した無口な父」だけだと言っているようなものではないか。

そう、父を引き合いに出すなどとんでもないことだ。忘れてしまえばいい、私の見る目がなかった、ただそれだけのことなのだ――けれどいくらそう考えても、同じ夢ばかり見てしまう。手術室に運ばれた時のことを。「残念ですが、もうくい止められないのです」。泣きながら、麻酔を打たれ、医者が私の顔を覗《のぞ》き込んで繰り返すようにと言う。「ひとーつ、ふたーつ、みっつ……」するといつの間にか麻酔医の顔があの人の顔になる。「結婚の話はまたにしないか、流産だったのもきっと運命なんだよ」……

あの人が言ったのは、それだけだった。無口なまま、黙っていなくなってくれるほうがまだましだった、そんな言葉をきかされるよりは。

私が仕事を辞めたのは、あの人と同じ職場にいるのが辛《つら》いということもあったけれど、もしそれだけなら別の病院に移ればよかったのだろう。でも私は、看護婦という仕事そのものに自信をなくしてしまい……臆病《おくびょう》風に吹かれたのだ。自分が患者になって手術台に上った時の、あの恐ろしい、いやな記憶から遠ざかりたい一心で、尻尾《しっぽ》を巻いて逃げだしてしまった。

右手に持った小さなボストンバッグには、薬の紙袋がそのままに入っている。いっそのこと全部のみくだしてしまおう、そんなことばかり考え続けて、それでもまだ実行していないのは、やはり臆病風のせいだけれど、奇妙なことに「私にはまだ、薬をのんでしまう、という道が残されている」と考えると、あと一日、あと一日だけ、という気になるのだった。まるで楽しみを先送りするように、薬をのむ、ということを唯一《ゆいいつ》の未来にして、ここ数週間を何とかやり過ごした。そんなものが未来と呼べれば、の話だけれど。

もういい加減、まやかしは止《や》めなくてはならない。見知らぬ国の、混《こ》み合った長距離列車の切符売り場にひとり取り残されてしまったみたいに、私は不安で、おまけに焦《あせ》っている。早く、早く行き先を決めなければ……でもいったいどこに行けばいいのだろう？

けれど、ふと顔をあげると、ポプラの木は今も紛れもなくそこに立っていた。午後の陽《ひ》射《ざ》しを浴びながら、金色の葉をかすかに鳴らして。それは過去でも未来でも夢でもまやかしでもなく、あまりにもくっきりと現実そのものだったので、私は瞬間、頭のなかが真っ白になってしまう。ポプラの木は、行き場がないなんてことは考えない。今いるところにいるだけだ。そして私も、今、ここにいる。

私は息を大きく吸い込み、また歩きはじめた。手招きするポプラの木を見つめ、初めて来た日のように。


「千秋ちゃん、そうでしょ？　いらっしゃい！」

喪服は一応身につけているものの、誰かが死んだとはとても思えない賑《にぎ》やかさで、佐々木さんが私を迎えてくれた。

「佐々木さん、お久しぶりです」

「ほんとに久しぶり。大人になっちゃったのねぇ。でもすぐわかったわよ」

五十歳にはなっているはずだが、佐々木さんの髪型は当時と同じおかっぱで、目尻にしわはあるものの、相変わらず化粧をしない肌《はだ》が清々《すがすが》しい。

「変わらないでしょ、ここ」

「ええ、ほんとに」

門扉《もんぴ》も、庭も、玄関の薄暗い感じも、そしてこのにおいも、何もかも昔のままだ。けれど意外なことに、玄関からは靴《くつ》がはみ出しそうになっていて、ずいぶんとたくさん人のいるらしい気配がする。

おばあさんが「うちの先生」と呼んでいた、あの気弱そうな白髭《しろひげ》のおじいさんは、昔まだ若かった頃、妻子を捨てて、小学校の先生をしていたおばあさんと駆け落ちしたのだった。ふたりの間に子供はいないし、一緒になって以来、親戚《しんせき》付き合いも絶たれたままになっていた。そういうことは、おばあさんが一度倒れた時にわかっていたので、私はてっきり、静かなお葬式になるだろうと決めつけていたのだ。

玄関先で気圧《けお》されたようになっている私に、佐々木さんは言った。

「さあ早く上がって。皆お仲間よ」

仲間ってどういうことだろうと訝《いぶか》しく思いながら入っていくと、家のなかはほんとうに人でいっぱいだった。玄関を入ってすぐの寝室として使っていた座敷にも、茶の間にも、台所にも、座り込んで喋っているおばあさんやおじいさんがいる。男も女も、たいていは年配の人ばかりだ。誰一人、こういう時にありがちなせかせかとした態度や、強張《こわば》った顔など見せていない。取り乱して泣く人もいない。窓は開け放たれて、あたり一面、黄色く色づいたポプラの葉を通して降り注ぐ金色の光に染まっている。そのなかで、皆ゆったりとした顔をして、お茶を飲んでいる。

茶の間の、例の黒い簞笥《たんす》の向かい側、作り付けの本棚《ほんだな》の前に小振りな祭壇が設《しつら》えてあり、おばあさんの柩《ひつぎ》があった。お香典と豆大福の包みをお供えして、柩の小さな窓からおばあさんの顔を覗き込もうとした時、男の人がやってきて、おばあさんの柩の蓋《ふた》を開けてくれた。ふわりと、覚えのあるいい匂《にお》いがした。あの抽出《ひきだ》しを開けた時の匂いだ。

「あ……」私は息をのんだ。

「すごいでしょう、大変なもんでしょう」

柩の蓋を開けてくれた男の人がにこにこしている。ふさふさした白髪《しらが》頭をオールバックにした、品のいい丸顔の、六十歳くらいの人だ。「いや、私もまさかこんなにあるとは思ってなかったから、驚きましたよ」

淡い紫色のきれいな着物を着て、おばあさんは柩のなかで何百通もの手紙に取り囲まれているのだ。

男の人は、おばあさんの足の上に掌《てのひら》をそっとかざす。「私のは、このあたりに入れさせてもらいました」

「じゃ……」あなたも、と言えなくて私が戸惑っていると、

「ええ、そうです」

満月を思わせる立派な顔を、なんだか少し頼りない男の子のようにはにかませて頷いた。

「申し遅れました。山科《やましな》葬儀社の山根といいます」

私はといえば、手紙を運ぶという話は、ほんの子供だった私のためのおばあさんの嘘《うそ》だと思い込んでいたのだから、呆然《ぼうぜん》とするばかりだ。

おばあさんの顔は、とても小さく小さくなっていたけれど、あの懐《なつ》かしい広いおでこはそのままだった。目を閉じて、よくへの字にしていた口が、なんだかちょっと笑っているように端っこのほうだけ持ち上がっている。まるで悪者のポパイの、赤ん坊時代みたいな顔をして、おばあさんは眠っていた。見つめていると、きゅうに涙が溢《あふ》れだしてしまう。母が再婚して遠くへ引っ越したとはいえ、なぜ私は会いに来なかったのだ。大人になってからだったら、いくらだって自分の自由で会いに来ることができたはずなのに。

「はい、これ千秋ちゃんの」

佐々木さんが分厚い封筒の束を、私の膝《ひざ》の上にぽんとのせてくれた。「おとうさんへ千秋より」と記した幼い日の私の文字が、目に飛び込んでくる。封筒はたいてい粗末な茶封筒だが、いちばん上にのっていたのはスイセンの花の絵柄《えがら》がついていて、雑誌の付録だったものだ。秋という字を消しゴムで消して書き直した跡がある。

私がくらくらするような思いで、封筒の束をおばあさんの足もとに置こうとすると、山根さんが優しく制して、おばあさんの胸より少し下のあたりに置いてくれた。そして静かに、きれいな手さばきで柩の蓋を閉めた。

「最初におばあさんにお会いしたのは」

山根さんは、佐々木さんのいれてくれたお茶を飲みながら、話しはじめた。

「あるお葬式だったんです。その亡《な》くなった方っていうのは、おばあさんのおつれあいの、お弟子さんだったって方でね。学者さんだったんですが、ちょっと葬儀の費用のことで……困ったなってことになった時、おばあさんが私を呼んで、手紙の話を持ち出したんです。自分の死んだ暁には、あの世の誰かに手紙を運んでやるから、葬式代まけろって。無茶苦茶です」

その時、子供の頃《ころ》に亡くなった従兄《いとこ》の人の話をおばあさんはしたでしょう、と私が言うと、

「いや、違います。死んだお姉さんの話でした。いい話でした」

山根さんは、不可解な顔をしている私にちょっと微笑《ほほえ》むと、話し続けた。

「最初はね、いやなばあさんだって思いましたよ。その頃私は、事故で一人息子を亡くしてしまった後で、自分の仕事に対して苦々しい気持ちにしかなれなかったんです。辛い目に遭ったんだから、人の痛みだってわかってもよさそうなものなのに、わかるのが怖かったんです。死人はカモだなんて同業の仲間に言って、顰蹙《ひんしゅく》買って喜んだりしてた。情けないですけど、そんなでした。

書きましたよ、手紙。なんだかおばあさんにその気にさせられて、葬式代まけるどころかタダにしちゃって、もうその日の夜から、ぶっ通しで書きました。息子に言っておきたかったことも、すまないという気持ちも、親の自分がどんなに口惜《くや》しいかってことも、息子と一緒にするはずだったいろいろな計画も——何が辛いって、未来が見えるような気がするのが辛いんですよ。そういう拭《ぬぐ》っても拭っても見えてしまう『もしも息子が生きて

いたら』っていう未来のことも、どうにもおさまらない怒りとかもね、ぜんぶ書いて書いて、もうこれでお終《しま》いだって分厚い封筒持ってここに来て、おばあさんに渡して、でも三日もしないうちにまた辛くなって、夜通し書いて持ってきて……その繰り返しをどのくらい続けたでしょうねえ。ある日、もういいよ、もう苦しまないでいいよって、声がきこえたんです」

俯《うつむ》いて、山根さんは唇《くちびる》をぎゅっと真一文字にした。それから、

「今日ここにいらっしゃる方は、おばあさんに手紙を預けた方ばかりです。皆、助けてもらったんです」

私は山根さんにつられたように振り返った。今は穏やかに言葉を交わしているこのたくさんの人たち。おばあさんは、この人たちひとりひとりに声をかけていったのだろうか。道ばたで、目医者の待合室で、和菓子屋の店先で、電車のなかで、誰かのお葬式で、公園のベンチで、デパートの屋上で、橋の上で、泣いている人に、ぼんやりしている人に、固く強張った顔をした人に、不安で表情を失っている人に、泣き叫ぶ子供の声さえ耳に入らなくなってしまった人に、怯《おび》えている人に、おばあさんはひとりひとり、声をかけていっ

たのだろうか。

　ふいに風が吹いて、ポプラの枝が揺れる。黄色く色づいた葉が舞い上がり、降り注ぐ金色の光が動いた。

「さっき、おばあさんが亡くなった従兄の話をしたっておっしゃったでしょう」

　山根さんの声には、ため息と、ほんの少しのいたずらっぽさが混じっている。ええ、と私は頷《うなず》いた。

「山根さんには、お姉さんの話って……」

「そうなんです。皆、違うんですよ」

「みんな？」

「ええ。おばあさん、誰にでもまず自分の話をするのは同じだったようなんですが、その話の中身が皆違うんです。亡くなったのがおとうさんだったり、同《おな》い年の女の子だったり、生まれて三カ月で字が読めた弟、なんてのまであるんですよ」

「はぁ」

「私は昨日からここにいて、いろいろ伺ったんですが、ひとつとして同じ話がないんです。

もしかしたら、もしかしたらですけどね、おばあさんはよほど辛《つら》い目に遭って、ほんとうの話ができなかったんじゃないかって」

そうだったのだろうか。けれど山根さんは、私に考える隙《すき》を与えまいとするかのように、でもね、と俯きがちだった顔をあげた。

「でも、そんなこと私が考えたって、『くその役にも立たない』ってやつですよ。それに、きっとおばあさんのことだから、あれこれ嘘話考えて、人をその気にさせて楽しんでたんじゃないかって思うんです。だってその方が、いかにもこの人らしいじゃないですか」

私のなかで、おばあさんがにいっと笑った。「この鈍臭《どんくさ》い葬儀屋が、ろくでもないことを言ってるよ」と。

「ええ、私もそう思います。おばあさんならやりかねない」

私の答えに、山根さんはほっとしたように息をつくと、目の周りをしわくちゃにして微笑んだ。

　暗くなるにつれて、さらにたくさんの人がやってきた。佐々木さんと私は、寿司屋《すしや》と酒屋に何度も注文の電話をしたり、御飯を炊《た》いてはおにぎりを作ったり、お茶をいれたり、大車輪で働いた。もっとも、さっきまではのんびりとお茶を飲んでいた年配のご婦人方は皆、佐々木さんや私など及びもつかない百戦錬磨《れんま》の強者《つわもの》で、ここぞとばかりに洗い上げた持参の真っ白い割烹着《かっぽうぎ》やら、喪服用の黒いレースのついた豪華なエプロンをひとたび身につけるやいなや、もう何十年もチームを組んできた仲間のように息の合った、見事に無駄《むだ》のない働きぶりを見せてくれるのだった。佐々木さんは「これはもう、とてもかなわないわね」と完全に舌を巻いてしまって、私におばあさんの大きな黒いハンドバッグを渡してお金の管理を任せると、自分は尊敬すべき大先輩たちから命ぜられるままに、漬物《つけもの》だの海苔《のり》だの果物だのお茶だのトイレットペーパーだの、自転車でスーパーとポプラ荘を何度も往復しては足りないものを調達する係に徹していた。

　やがて通夜《つや》の読経《どきょう》が終わると、家のなかだけではどうにも狭いので、山根さんが手配しておいてくれた折り畳み式のテーブルを庭に出した。物干しのところに置いた石油ストーブが赤々と燃えて、テーブルにはお寿司や鳥の唐揚げや漬物やおむすびがずらりと並ぶ。佐々木さんと私は、台所と庭をせわしなく行き来してお酌《しゃく》をしたのだが、お酒の燗《かん》をつけてくれたのは、「この道四十年」というおじいさんだ。背が私の肩くらいまでしかない小さなおじいさんで、お酒が好きなせいか、あるいは湯気にあたってばかりいるせいか、肌《はだ》がものすごくつやつやしている。お鍋《なべ》に漬かったお銚子《ちょうし》を見ている目つきといったら、お風呂《ふろ》に入っている孫でも見てるみたいだ。ずっと料亭でお酒の燗をつける仕事をしていて、お客の人数だとか、どんな集まりか、どんな料理かによって、待たせず、熱くしすぎずの絶妙のタイミングをはかることができるのだそうだ。私はお酌をする自分の手つきの悪さを呪《のろ》いたい気分だったけれど、皆、「おいしい、これすごくいいお酒だねぇ」と喜んでくれた。

星空の下、いい具合に温まった人たちは、三々五々引き上げていく。最後まで片付けをしてくれた十人ほどのお年寄りたちは、はなからここでおばあさんと一緒に夜明かしするつもりのようだった。とはいえ、そのなかには昨日からずっと居つづけの人もいたから、佐々木さんと私は、二階のアパートの空き部屋にびっしりと、貸し布団屋《ふとんや》の持ってきたずいぶんと派手な模様の布団を敷き詰めた。二階に住んでいるのは、今は佐々木さんだけなのである。

母と私がかつて住んでいた部屋は、懐かしいというより驚きだった。こんな狭い、こんな天井の低いところに住んでいたのか……。けれどガタガタする雨戸を開けると、ポプラの木は相変わらずこちらを覗《のぞ》き込んでいるような様子で、すると私にも見えてくるのだ。窓の桟《さん》に小さなお尻《しり》をのせてしゃがみこんだ私の姿や、台所のテーブルで書き物をしている母の姿が。

「たまたまここが二年くらい前に空いて、もう古いしそのまま借り手がつかなくて、去年、隣が――そうそう、あの頃は西岡さんが住んでた、よく憶《おぼ》えてるわねぇ。そこが空いた時には、もうおばあさん、新しく貸す気はないって。わかってたのかしらね」

佐々木さんは糊《のり》のききすぎたシーツを広げるのに手こずりながら、話してくれた。

「ここね、そっくり寄付することになってるのよ。おじいさんが昔お世話になった、中国文学の人たちの……なんとかっていう協会に。それでおじいさんの名前の賞を作ることになったって、おばあさんすごく喜んでた」

それからひとり言のように「こんなに住み心地のいいところ、もうみつからないわよねぇ。いっそ郷里に帰っちゃおうかとも思うけど」と言った佐々木さんの手は、いっそうせわしく動いた。

仕事が一段落ついた真夜中、佐々木さんと私は熱いお茶をいれて、豆大福を食べた。お年寄りたちは、やはり疲れたのだろう、大抵の人は着の身着のままとはいえ布団で眠っていた。今、柩《ひつぎ》の側《そば》には、さっきまで低い声でお喋《しゃべ》りしていたおじいさんがふたり居眠りしているのと、台所のテーブルを挟《はさ》んで向かいあっている佐々木さんと私、それだけだ。

「ああ、よく働いた。千秋ちゃんが来てくれなかったら、一体どうなってたことやら」

佐々木さんは豆大福をひとつ食べ終えると、お茶をぐっと飲み干してから、煙草《たばこ》に火をつけた。「こりゃ明日の告別式も大変だわ」

「皆、佐々木さんがお知らせしたんですか」

大変だったわよ電話するだけで、と佐々木さんは笑いながら首を振った。

「呼んでくれって頼まれてたわけじゃないけど、あたしもいろいろ世話になったし、ここはひとつ景気よくやるかって思って。おばあさんがちゃんと書いてたのよ、住所録みたいに。手紙、預かってる人たちのことをね」

「へえ」

「すごいのよ。預かった日付もちゃんと入ってて、備考のとこに『新巻ジャケ一本』とか『ウール毛布』とか書いてあんの。あれ、もらったものなんでしょ。しっかりしてるわ」

「佐々木さんも」私は少し迷ってから、やはり訊《き》いてみた。「おばあさんに手紙、預けてたんですか」

ううん、と佐々木さんは首を振って、灰皿に煙草の火を押しつけた。半分以上残っている煙草を、決して折れないように火を消すやり方が、昔と同じだ。

「話をきいたのが、半年くらい前だったかな。そりゃびっくりしたわよ、けっこう突拍子もない話だもの。おばあさんね、『あたしが死んだら、この着物を着せて、それからここの抽出《ひきだ》しに入ってる手紙を全部、棺桶《かんおけ》に入れてほしい』って。それであたしに、すごくごつつい翡翠《ひすい》のネックレスくれて。いらないって言ったのに、『何かやっとけば、いくらあんただって、まあそこそこやるだろ』って。失礼しちゃうわよね」

それから佐々木さんは、亡くなる前のおばあさんのことを、もう少し詳しく話してくれた。おばあさんは最後まで自分のことは自分でしたし、元気だったのだけれど、食はとても細くなって梅干しと煮豆ばかり食べていたとか、ここ二、三年はさすがに目が駄目になってきて、あれほど好きだった新聞を読めなくなっていたとか。なかでも私がせつなかったのは、おばあさんがよく「薄汚れてきたら、人間はお終い。お迎えのくるしるしさ」と口癖のように言って、どんなに億劫《おっくう》な時でも三日にいっぺんはお風呂に入り、風邪などひいたりして辛い時も、熱いお湯でからだをごしごし拭《ふ》いていた、ということだった。そこには年寄りの執着心もあったかも知れないが、おばあさんがそんなに努力して長生きしていてくれたのに、会いに来もしなかった自分がやはり責められてならないのだ。

母の再婚が決まり、ポプラ荘を出ることになった時、私は十歳だった。引っ越しの数日前のことだったと思う。ここを離れたくない、という気持ちを誰にも言えないでいた私に、おばあさんはこんなことを話してくれた。

「ねぇ、あんたがよく牛乳をやってる、あのでぶ猫《ねこ》。あたしにはあんな猫、図体《ずうたい》ばかり大きくて喧嘩《けんか》は弱いし声は潰《つぶ》れてるし意地汚いし、どこがいいのかとんとわからないけど、あんたがあのでぶ猫を好きなら、あんたの好きなあの猫は、どこへ行こうとあんたのものなんだよ。あのみっともない猫を好きだっていう、物好きをやめないかぎりね」……

「あの写真、へんでしょ?」

佐々木さんの声がして、私は顔をあげた。佐々木さんは祭壇の、おばあさんの写真を見ている。

「あの写真も自分で用意してたのよ。着物なんか着て、写真館にわざわざ行って。入れ歯なんかすることないのに」

「でも……よそゆきだもの」

次の瞬間、私たちは同時に笑いだしてしまった。慌《あわ》てて声を押し殺し、柩のほうを見る。ふたりのおじいさんは相変わらず眠っていたけれど、写真のおばあさんは、心なしかむっとしているように見える。

「ね、今、何してるの。私は相変わらず、着ぐるみだのお姫様の衣裳だの、そんなことばっかり」

佐々木さんに促されて、私は看護婦になったこと、でも今は失業中だということを話した。

「辞めちゃったの？」

ええまあ、と私が言葉を濁していると、佐々木さんは新しい煙草に火をつけた。

「おかあさん、お元気そうね」

「ええ」

「電話の声、昔とちっとも変わってなかった。あのおっとりした喋り方。再婚なさったんだっけ」

「あれからすぐに。義父は工務店を営んでいます……」

そのまま、少し沈黙してしまう。私は義父や義姉、義兄のことを思うと、いつも申し訳ない気持ちになる。いい人たちなのに、よくしてくれるのに、そこはやはり私のいる場所ではないと、ずっと感じてきたのだ。

こっくりこっくり舟を漕《こ》いでいたおじいさんが、頭を窓ガラスにぶつけて、ごつんと鈍い音がした。佐々木さんは立ち上がって隣の部屋から毛布を取ってくると、きまり悪そうに笑っているおじいさんに「冷えてきましたね」と一枚渡し、じっと胸もとに顔を埋《うず》めるようにして眠っているもうひとりのおじいさんの肩にも、丁寧にかけてあげた。それから、私が背にしている戸棚《とだな》の抽出しを開け、真新しいふきんがぎっしり詰まったその下から一通の封書を取り出した。

「これ、千秋ちゃんに読んでって」

私の目は封筒に釘付《くぎづ》けになってしまう。見慣れた字。いつか、私がおばあさんに渡した、母から父へのたった一通の手紙だ。

「昨日、おかあさんとお話して、いったんは電話切ったんだけど、その後しばらくしてかかってきたの」

「これを読ませろって？」

「そう」

母はこの手紙が、おばあさんに託されたということを知っていたのか……。それを私に読め、とはいったいどういうことだろう。それも今頃《いまごろ》になって。

呆然《ぼうぜん》としている私の肩を、佐々木さんは、とん、と叩《たた》いた。

「読んだら、明日山根さんに言ってお棺のなかに入れてもらえばいいんじゃない」

二時間くらい上で休んでくるから、と言い置いて、佐々木さんは外に出ていった。私はしばらくそのクリーム色の封筒を手に、ぼんやりとしていた。一体どんなことが書いてあるのか、どんな心構えで封を切るべきなのか、何もわからないまま。だいたい母のやり口は、いつもこうなのだ。そっぽを向いてばかりいるかと思うと、突発的に押しつけがましいことをする――

やがて、じっと母の封筒と睨《にら》み合っているのに根負けした私は、さっき佐々木さんが手紙を取り出した、そのすぐ上の抽出しを開けてみた。思ったとおり、あの頃と同じだ。リボンや紐《ひも》の類《たぐい》がきちんとまとめてあり、薄いお菓子の箱にはアラビア糊、巻き尺、セロテープなどと一緒に握り鋏《ばさみ》が入っている。胸のなかがようやく少しおさまって、私はそのよく切れない鋏を手に取ると、母の手紙を開封した。

11

あなたが亡《な》くなって、半年たちました。家を処分して、引っ越して、仕事を見つけて。たった半年の間にずいぶんいろいろなことがあったはずなのに、振り返ってみると、まるでずっと眠っていたような気がします。私がぼんやりなのはあなたも知ってのとおりだけれど、なんだかこの頃は、以前にもまして忘れっぽくなり、ついこの間も、千秋に前から頼まれていた体操服の綻《ほころ》びを直してやるのを忘れてしまいました。可哀相《かわいそう》に、千秋は綻びたままの体操服を着て、二週間も我慢していたのです。

そんなふうになってしまうのは、むしろ張り詰めてばかりいるのがいけないのだということは、自分でもわかっています。でも少しでも気を緩めると、手足がぴくりとも動かなくなるほどの激しい後悔と、際限もなく自分を責める堂々巡りが始まってしまうのです。

私のやさしさが足りなかったにちがいない、あの時あなたの背中に声をかけていたら、何もかもが違ったはずだったのに、と。

できることなら、あなたのことを忘れてしまいたい、とさえ思いました。けれど私がそう思えば思うほど、千秋は不安そうになっていき、私にはそれをどうすることもできなかった……たぶん、私はすこしおかしくなっていたのかも知れません。千秋が私に内緒であなたに手紙を書き、どうやらそれを大家のおばあさんのところへ持っていっているらしいとわかると、おばあさんに苦情を言ってしまったのです。子供の気持ちを乱すような、そそのかしをしないでほしい、と。ひどい八つ当たりです。

おばあさんは、陰気な怒りに駆られている私を静かに部屋に招じ入れると、千秋の書いた手紙を読ませてくれました。手紙のなかで、あの子はいなくなってしまったあなたを、もう一度、なんとか取り戻そうとしていました。あんなに小さなからだのなかの、小さな心を精一杯働かせて。千秋のそんな健気《けなげ》さに、私はおばあさんの前だということも忘れて、涙を流さずにはいられませんでした。でもそれよりもっと、母親である私にとって見逃すことのできない大事なことを知らされたのです。

千秋はほんとうに、あなたに似ているのです。あの子の手紙を読んで、つくづくそう思いました。あの子は私のような、とりあえず物事の帳尻《ちょうじり》さえあっていればよしとする、そんなぼんやりではありません。千秋はあなたの死について、私が嘘《うそ》をついているということにいつか気づくにちがいない、私はそう考えて、思わず震えました。

あの子は成長するに従って、ますますあなたに似てくるのでしょう。あなたと同じ、無口だけれど人の痛みに敏感で、人の痛みに敏感だから孤独を好み、でもやはり人の役に立とうとしないではいられない、そんな人になるのでしょう。気難しいところも、これからもっとでてくるのでしょう。あなたに似るようになればなるほど、あなたを求めるようになるのかも知れません。でもそれはすべて、生きていてこそ、の話です。

私は、あなたは交通事故で亡くなったのだ、と言い続けるつもりです。小さな子供に父親の自殺を隠そうとするのは当然すぎることでしょうけれど、でももっと、それ以上に、この秘密は守られなくてはならないと思うのです。あんなに高いところから飛び下りたのに、あなたのからだは奇蹟《きせき》的なくらいきれいだった、そんなあなたの死について知ったら、あの子はきっといつか、あなたと同じほうに引き寄せられてしまうような気がしてならないのです。だってあの子は、あなたと同じ心を持っているのですから。

無駄《むだ》なことだ、と言う人もいるかも知れません。事実なんか知っていようがいまいが大差はない、海が月に引かれて満ちるように、心のなかの引力はもって生まれたものなのだから、と。隠すのがかえっていけない、とわけ知り顔に言う人もいるかも知れません。すべてを打ち明けて、私の心のうちも全部打ち明けて、恨み言も吐き出し、自殺だけはしてくれるなと言い含め、あの子をがんじがらめにしてしまえたらどんなにいいか……でも、やはりできないのです。それはあの子にとって荷が重すぎるだろうし、どんなに強く言い含めたとしても、あの子が安全だという保証がどこにもないのなら、私にできるのはせめて秘密を守り続けること。それしかありません。たぶんあの子は、そんな私に苛立《いらだ》ったり、抵抗するのでしょうね。とても不安です……

今はまだ、思い出を書くのは辛《つら》すぎます。あなたへの恨み言で心をいっぱいにして、悲しみから身を守ろうとする、そんな私の鎧《よろい》は、まだ脱げそうにありません。あなたは自分だけの苦しみを抱えたまま、何も言わずに勝手に死んでしまった。あんなふうにふらりと出かけていくようなふりをして、難しい判決を出さねばならない公判の前にはよく散歩に出かけた、そんないつもどおりのようなふりをして、昔の恋人などに手紙をのこして自殺してしまった——それがどんなに私を苦しめることになるか、あなたにわからないはずはなかったのに。

大家のおばあさんは、もしも私があなたへの手紙を書いたなら、持っておいで、と言ってくれました。手紙というのはやはり、郵便屋にしろ、海に浮かぶ瓶《びん》にしろ、何かに運ばれて行ってこそ、書いた者の心がほんとうに解き放たれるものなのだから、と。子供騙《だま》しのようだけれど、不思議なことにおばあさんにそう言われると、心を締めつけていたものが否応《いやおう》もなく弛《ゆる》むのを感じました。この一通は、千秋に頼んでおばあさんのところに持っていってもらうつもりです。でもそれは、千秋がきっと喜ぶから、というそれだけの理由です。

これから先、私はあなたにもっと手紙を書くのでしょう。それこそ何十、何百も、書かずにはいられなくなって。その手紙は、最後まで自分で持っているつもりです。あなたがどうして死ななくてはならなかったのか、そのことを幾度も考え、時には自分の書いたものを読み返しながら、たぶん答えの出ないその問いを抱えて生き続けていくのが、私なりのあなたとの繋《つな》がり方だと思うのです。私はやはり、あなたとの繋がりを失うことなどできない。逃げることも忘れることもできないなら、そうするよりほかないのです。

いつか千秋がすっかり大人になって、自分の生き方を摑《つか》んでくれた、もう大丈夫だ、そう思える時がきたら、千秋にほんとうのことをきいてもらいたい。それまでには私も、楽しかったことも、悲しかったことも、すっかり話せるようになっているのではないかと思います。

どうかその日まで、千秋を守ってください。あなたのしたことを、私はまだすっかりのみくだすことはできないけれど、あなたと会って、あなたを愛して、あなたとそっくりな心を持った千秋を授かった、それだけでもう、きっと私はあなたを許しているのですから。

つかさ

俊三様

身動きすることもできず、私は考えていた。父は自分で自分の死を選んだのだ、それでいいじゃないか、と。もう充分に時間は経《た》ったのだ。そしてその充分な時間を私に与えてくれたのは——母だったのだ。

母が予想したとおり、私の「そこにいない父」への憧《あこが》れは、殊《こと》に十代のある時期、途方もなく膨れ上がった。中学の時だったが、少しばかり成績が落ちたのを咎《とが》めようとした母に向かって、自分の生き方はどうなのだ、父が可哀相だと思わないのか、と言い放ったことがある。そんなことを口にしたのは、たった一度、あの時だけだ……

今でもはっきりと思い出せる。母は怒りもしなければ、泣きもしなかった。もちろん、事実を投げつけたりもしなかった。ただ、「あなたはとても、おとうさん似なのよ」と、静かでさびしくて、そのくせ奇妙なくらいよく通る声で言ったのだった。

あとになって私は、「いったい私のどんなところが父に似ているのだ」と、幾度か母に訊《き》いたことがある。けれどその答えは「むずかしい性格」だの「内気で、なかなか考えを見せてくれない」だの、嘘ではないだろうけれどどうでもいいようなことばかりで、それ以上追及しても、母は口を閉ざしてしまうのだった。わからないことは、わからないままそっとしておいたほうがいい場合もあるのに、私にはそうできなかった。母の言葉をわざと安直に解釈して、「私が父に似ているから、母は私がいやなのだ」などと自分に思い込ませていたのだ。

そんなふうに考えることは、父に慰めを与えられるのは自分だけだという甘い使命感のようなものを与えてくれるだけでなく、ある意味で私を楽にした。人がよくて活気があり、何事も行動で示すタイプの義父は、見た目も性格も父とはまったく違うから、「父に似ている」自分が母に疎《うと》まれているとなれば、義父と再婚した母の幸福には何の誤魔化しもないのだと、私は安心できるのである。新しい家族のなかで母は生来の暢気《のんき》さを取り戻していったのだし、何より義父のやさしさにもかかわらず、私が母の選択をそんな屈折したやり方でしか認められなかったのは、やはり秘密のせいだったのだろうか。心の奥深くにあるのは、奇妙なまでに頑固《がんこ》にへばりついたひとつの願いだった。私は父のことを懐《なつ》かしむと同時に、母には少しのくもりもない幸福、眩《まぶ》しいほど完璧《かんぺき》な幸福のなかにいて欲しかった。その願いはあまりにも強く、潔癖で、時には私を苦しめるほどだった。

あなたはとても、おとうさん似なのよ……

母はそう言った時、自分の哀《かな》しみさえ封じていたのだろう。私を失うまいという、ただそれだけに心を注ぐために。母もまた、どれほど強い願いを抱いていたことか。

今この手紙を見せなければ、一生ほんとうのことを言わないままになってしまう。私が辛い時間のなかにいることに気づいて、母はそう考えたのかも知れない。それとも……母はほんとうに、私がしっかりした大人になって揺るぎなく生きている。そう信じているのだろうか。

指先で何度も、濡《ぬ》れた頰《ほお》がすっかり乾いてしまうまで拭《ぬぐ》った。拭いながら、思わずくすりと笑ってしまう。私が充分に大人になっただなんて、もしほんとうにそう思っているのなら、とんだ見当違いだ。まったく、おかあさんときたら。

私は手紙を封筒にしまうと、上書きの、いかにも女らしい母の筆跡を指でなぞって呟《つぶや》いた。「おかあさん、ありがとう」と。

12

翌日。どこかで運動会なのだろう、早朝から幾度も、晴れ渡った空にポンポンと花火の音がして、まるでおばあさんのお葬式のために打ち上げているみたいだった。葬儀には、かつてのおじいさんのお弟子さんらしき人たちもたくさん来て、皆、庭に溢《あふ》れてお経をきいた。「いいお天気ですねぇ」「そうですねぇ」「先日までの長雨が嘘のようじゃありませんか」「まったくです」「膝《ひざ》が悪いので、こんな天気でもなければ家から出られないんですよ」「私もです。いやまったく、あの人のことだから、お天道様《てんとさま》にかけあったんでしょう」そんな会話を、時折低く交わしながら。

私はポプラの木のそばで、お経をきいていた。まばらな葉の間から、薄く色づいているカラスウリが三つ、それから鳥の巣も見える。落ち葉を拾い、スカートのポケットに入れようとして、すぐにやめた。アパートがなくなったら、ポプラの木もどうなるかわからないけれど、私がこの木を忘れることなどないのだから、それで充分だ。

やがて出棺となり、道路に出て驚いた。桜の花の模様を一面に散らした、ぴかぴかの大型バスが、川沿いの道に停《と》まっていたのだ。

「お早くご乗車くださーい。道を塞《ふさ》いでますので、お早くお願いしまーす」

喪服をきちんと着て、白い手袋をはめたバスの運転手が、お年寄りたちがバスに乗るのを手助けしながら叫んでいる。

「西岡さん！」

「あ……」

「千秋です、星野千秋」

「ち、千秋ちゃん？」

西岡さんは少し太り、いっそう後退した髪には白いものが目立つけれど、その気弱そうな顔つきも、すぐひっくり返る不安定なテノールの声も、昔とちっとも変わらなかった。

「うわぁ、大きくなっちゃったなぁ、大人になっちゃったなぁ」

私はまさか西岡さんと会えるとは思ってもいなかった。というのは、西岡さんは私たち母娘《おやこ》より先にポプラ荘を出ていったのだし、その理由が理由だったからだ。もっともその理由というのは、こちらの推測でしかないのだけれど。西岡さんが引っ越していく三カ月ほど前のこと、西岡さんはアパートの階段を降りる佐々木さんに「し、志ん朝の、どど独演会に行きませんか」と声をかけ、「落語には興味ないから」とにべもなく断られてしまったのである。階段の下で、お気に入りの段ボールハウスにもぐりこんでいた私は、西岡さんのものすごく大きなため息まできいていたのだ。

西岡さんは以前のように、眉毛《まゆげ》をぴくぴく動かしながら話している。十年前に、仲間と運転代行の会社を始めたのだそうだ。

「だめだめ、うちなんか。こんな立派なバス、自分とこで持てるようになったらいいけどね。こいつは借りてきたの。佐々木さんが、いちばんでかいのって言うから。うん、辛気臭いのも駄目だって」

手袋をはめた手で、西岡さんはバスの車体をぽんぽんと叩《たた》いた。

佐々木さんが、鉄の門扉《もんぴ》をぎいぎいいわせて閉めると、駆け足でやってくる。

「おしゃべりなんか後にして！　あたしはおばあさんと一緒に行くから、後を頼んだわよ！」

言い捨てて、佐々木さんは霊柩車《れいきゅうしゃ》に飛び乗った。

「ああ、あの人には驚くなぁ」西岡さんは走り去る霊柩車を見送りながら、感心したように呟く。

「十五年……いや十六年かな、葉書のやりとりだけ。それでいきなり電話かけてきて、これなんだから」

霊柩車の行ってしまったほうを見つめたまま、西岡さんは目を細めた。それから急に、続々とバスに乗り込むお年寄りたちにはきこえないよう声をひそめて、

「千秋ちゃん、この人たち、おばあさんとどういう間柄《あいだがら》なの。親戚《しんせき》？　友だち？」

「ええと……お友だちです」

「みんな？」

「ええ、みんな」

西岡さんは、うんうん、とひとりで頷《うなず》いた。「やっぱりあのおばあさん、ただ者じゃな

かったなぁ」

バスは丘の上の火葬場を目指し、秋の陽射《ひざ》しを浴びて走る。シートはふかふかで、リクライニングだ。

「ああいいねぇ、らくちんだねぇ、こりゃあたしたちまで極楽行きだよ」

山根さんと一緒に座っているおばあさんたちの、はしゃいでいる声がきこえてきた。まるで遠足に行くみたいだ。

「オサムくん、お元気ですか」

私はいちばん前の席から身を乗り出し、運転している西岡さんに声をかけた。

「元気元気。だけどしょうがないんだ、あいつ」

「しょうがないって」

「山ばっか」

「山、登るんですか」

あのひょろひょろしてたオサムくんが山男だなんて、すぐには想像できない。

「うん、それで写真撮ってる。稼《かせ》ぎがどうとかいうのはともかく、危ないでしょ。ひとりで行くなって言うんだけど、もう親の言うことをきくような歳《とし》じゃないし」

私は少しの間、オサムくんのことをじっと考えていた。ひとりで山に登り、ひとりで火をおこして食事の支度をし、私の見たこともない雲や光や稜線《りょうせん》に囲まれて、ひとりで仕事をするオサムくんのことを。

「今度、オサムくんの写真、見せてください」

「ほんとう？　あいつ喜ぶよ。すぐ、すぐ連絡させる」

後ろ姿でも、西岡さんがにこにこしているのがわかる。私はシートに深く座りなおした。真っ青な空に、飛行機雲が一筋、どこまでもどこまでも続いている。帰ったら、母とふたりで短い旅行をするのはどうだろう。それから、どこかいい病院を見つけて、また仕事をしよう。きっとまた、いい日が来る。だって私、まだ生きてるんだから。

そんなことを考えていると、昨夜一睡もしていないのと、心地よいバスの振動のせいで、うつらうつらとしてきてしまう。ふいに耳もとで、声がした。

「だけどその前に、落ち葉を掃いておくれよ。あんなに散らしたままじゃ、ご近所に申し訳ないから」

あ、と目を覚ますと、飛行機雲はまだ消えていない。隣の席の、髪を紫色に染めたおばあさんは、軽く鼾《いびき》をかいている。バスの走行音は、途切れることなく滑らかに続いている。

落ち葉を掃いて、焚《た》き火をして、それからお芋をたくさん焼く。お芋はぬれた新聞紙とぎんがみにくるんで。文句なしでしょう、おばあさん。

「もうじき着くよ」

西岡さんが軽快にクラクションを鳴らした。やがて飛行機雲は溶けるように消えて、私はそれでもまだ、空の高みを見つめていた。

あとがき

私は臆病《おくびょう》な子どもだった。

いろいろあるのだろうが、ひとつ、かなりはっきりした原因がある。幼稚園の時のこと、母方の曾《そう》祖母が亡《な》くなった。私にとって、会ったことのない曾祖母は「どこかのおばあさん」という感じでしかなかったけれど、生まれてはじめて出かけたそのお葬式で、大人たちがこんなことを言っているのをきいてしまったのだ。

「駆け落ちなんかしなければ、おばあさんももっと長生きできたのにねぇ」

呉服屋のお嬢様として乳母日傘《おんばひがさ》で育てられた曾祖母は、店の使用人と恋仲になった。結婚を反対されたふたりは、駆け落ちして一緒になったのだった。

九州の炭鉱町での生活は、貧しく、苦労続きだったらしい。晩年はかなり裕福になっていたにもかかわらず、つましい生活ぶりは身に染《し》みついていた。曾祖母は残ったごはんを「もったいない」と言って食べ、それがいたんでいたものだからお腹《なか》をこわして寝ついた。そして二度と床を離れることはなかったのである。

米寿のお祝いをすませたばかりで亡くなったのだから、曾祖母はけっして短命だったわけではないのだけれど、「もっと長生きしてほしかった」という思いが、「駆け落ちなんかしなければ……」という言葉を大人たちに漏らさせたのだろう。今考えてみると、曾祖母の世代の人なら、駆け落ちや貧乏を経験していようがいまいが残った食べ物を捨てることなどそうそうできなかったはずで、もしどこかに問題があるとしたら、むーんと臭《にお》うごはんを嗅《か》ぎ分けられなくなっていた曾祖母の鼻なのである（むーんと臭うのを嗅ぎながら食べてしまった……なんてことは断じてなかったと信じたい）。しかし私の幼稚園の頃《ころ》といえば、時代はどんどん上り調子の時で、食べ物を「もったいない」と思う心など、みじめさの名残でしかなくなりつつあったのかも知れない。

とはいえ当時の私に、そんないろいろの事情や思いに考えを及ぼすことができるわけもなく、駆け落ちも、恋も、そして自由に生きることさえ「身を滅ぼすおそろしいもの」として意識に刻まれたのだった。おまけに私の名前をつけるにあたっては、その曾祖母の名から一字もらったと知るに及んで、「私もいつか、駆け落ちして、いたんだごはんを食べて死ぬにちがいない」という思い込みまでが生じてしまったのである。私は震え上がって「手綱をゆるめてはなるまいぞ」と誓った。今にして思えば、変な幼稚園児ではあった。

やがて臆病な子どもは、臆病な大人になった。いつかやってくるはずの身を滅ぼす恋は、手綱を引き締めていたかいあってか、いっこうにやって来ないまま、私は自分がこのまま歳《とし》をとってゆくのかなぁ、などと思うようになっていた。

そんなある日、祖母が私に言ったのである。

「あのね、あたしなんか後で考えて、『ああ、あの時は、あんなに若かったのに』って思ったことが山ほどある。一日一日をだーいじに、好きなように、生きなさいよ」

普段は欲張りで羨《うらや》ましがり屋でなかなかの毒舌家である祖母が、めずらしくしんみりとそんなことを言ったものだから、私はとても驚いた。祖母は、先の曾祖母の娘である。曾祖母の決めた相手と素直に結婚し、四人の子供たちを育て上げた祖母だったが、やはり祖母には祖母の「生きられなかった自分」への思いがあったのかも知れない。茫漠《ぼうばく》とひろがるばかりで、いつの間にか食い潰《つぶ》されてしまう時間がおそろしくてたまらないのは、ほんとうにしたいことから逃げているからなのだと、私はもう自分に対して認めざるを得なくなってしまった。

その後、祖母が倒れ、突然幼児のようになってしまった時、「一日一日をだーいじに、好きなように、生きなさい」という祖母の言葉がどれほどしっかりと自分の心に根を下ろしているか、私ははじめて気づいた。私の左手の中指には、祖母がくれた指輪が光っている。その指輪には、今は天国にいる祖母のささやかな願いやひそかな憧《あこが》れがぎっしりとつまって、私を励ましてくれている。

数は少ないけれど精鋭揃《ぞろ》いの私の友人たち、そして家族に感謝しています。今回は特に、大学時代からの友人である中谷光志さんにたいへんお世話になりました。いつもありがとう、これからもどうぞよろしく。

そして編集の若井孝太さん。若井さんの独特の勘のよさ、的確なアドバイスは、ややもすれば立ち止まりがちな私を必ず明るいほうへと導いてくれました。ありがとう、ついにできましたね！

（一九九七年五月）

湯本香樹実著　夏の庭 ―The Friends―

死への興味から、生ける屍のような老人を「観察」し始めた少年たち。いつしか双方の間に、深く不思議な交流が生まれるのだが……。

新井素子著　くますけと一緒に

両親を亡くした成美が頼れるのは、ぬいぐるみのくますけだけ……。閉ざされた少女の心をモダン・ホラーの手法で描いた異色の長編。

新井素子著　おしまいの日

あなたがとっても好きだから……。しあわせそのものの二人を蝕む孤独な心の闇。ひたすらな愛ゆえの狂気がせつないサイコ・ホラー。

江國香織著　きらきらひかる

二人は全てを許し合って結婚した、筈だった……。妻はアル中、夫はホモ。セックスレスの奇妙な新婚夫婦を軸に描く、素敵な愛の物語。

江國香織著　こうばしい日々
坪田譲治文学賞受賞

恋に遊びに、ぼくはけっこう忙しい。11歳の男の子の日常を綴った表題作など、ピュアで素敵なボーイズ&ガールズを描く中編二編。

江國香織著　つめたいよるに

愛犬の死の翌日、一人の少年と巡り合った女の子の不思議な一日を描く「デューク」、デビュー作「桃子」など、21編を収録した短編集。

氷室冴子著
いもうと物語

夢みる少女は冒険がお好き――。昭和四十年代の北海道で、小学校四年生のチヅルが友だちや先生、家族と送る、恋と涙の輝ける日々。

群ようこ著
日常生活

作家の日常生活は一体全体どうなっておるのだ？　というあなたの問いに明快な答え。どこを切っても群ようこな書下ろしエッセイ。

群ようこ著
びんぼう草

こんな生活、もう嫌だ。私、やめます！　ところが……。会社勤めに悩む人々に贈る「満員電車に乗る日」など、元気百倍の痛快小説集。

群ようこ著
亜細亜ふむふむ紀行

香港・マカオ、ソウル、大阪――アジアの街をご近所感覚で歩いてみれば、ふむふむ、なあるほど……。文庫書下ろしお気楽旅行記。

群ようこ著
膝小僧の神様

恋あり、サスペンスありの過激な小学校時代には、一人一人が人生の主人公だった。全国一億の元・小学生と現・小学生に送る小説集。

群ようこ著
またたび東方見聞録

バンコク、サムイ島、上海、蘇州、京都――猫にまたたび日本人にアジア。アジアの魅力に目覚めた著者が綴る文庫書下ろし紀行エッセイ。

新潮文庫最新刊

稲見一良著
猟犬探偵
誇り高く、やさしさを忘れない男たち——。迷い犬探し専門の探偵・竜門卓を主人公とする連作短編4編。〝永遠の不良老人〟の遺作。

五木寛之著
ソフィアの歌
大黒屋光太夫が日本に持ち帰った、ロシアの幻の歌。その劇的な運命を辿り、歌に秘められたドラマを描きだす新しいスタイルの物語。

片野次雄著
李朝滅亡
五百年余の歴史を誇った李氏朝鮮王朝は、どのように滅びていったのか。日韓近現代史の悲劇を鮮明に描くノンフィクション・ノベル。

森本哲郎著
月は東に
—蕪村の夢 漱石の幻—
『草枕』は、蕪村が俳諧で描いた理想郷に惹かれた漱石が、それを小説化したものだ——豊富な知識と卓抜な推理が冴える日本人論。

藤原正彦著
父の威厳 数学者の意地
武士の血をひく数学者が、妻、育ち盛りの三人息子との侃々諤々の日常を、冷静かつホットに描ききる。著者本領全開の傑作エッセイ集。

ヒサクニヒコ著
世界恐竜図鑑
恐竜は子孫の鳥たち同様、子育ても渡りもした。そして変化する地球環境と共に、様々に進化した。新知識を網羅した画期的な恐竜本。

ポプラの秋《あき》

新潮文庫 ゆ-6-2

平成九年七月一日発行

著者 湯《ゆ》本《もと》香《か》樹《ず》実《み》

発行者 佐藤隆信

発行所 株式会社 新潮社

郵便番号 一六二
東京都新宿区矢来町七一
電話 編集部(〇三)三二六六—五四四〇
読者係(〇三)三二六六—五一一一
振替 〇〇一四〇—五—八〇八

価格はカバーに表示してあります。

乱丁・落丁本は、ご面倒ですが小社読者係宛ご送付ください。送料小社負担にてお取替えいたします。

印刷・株式会社三秀舎 製本・有限会社加藤新栄社

ISBN4-10-131512-4 C0193